作歌相談室

来嶋靖生

現代短歌社新書

作歌相談室

目次

Ⅰ　なぜ短歌か

高齢なればこそ

　私はこの一月で八十八歳になります。片づけ事をしていると戸棚の奥から女学生時代の教科書が出てきました。中に「万葉集」の歌があり、読んでいると自分も歌を詠みたくなりました。娘たちはみっともないから止しなさいと言います。八十八歳で歌を始めるのは遅すぎますか。（山形県　Y・K　女性）

　佳いお話を伺いました。決して遅すぎることはありません。何歳から始めても歌は歌。もちろん若いときから始めればそれはそれなりのプラスはありますが作品は経験年数に左右されるものではありません。何歳で初めても、早過ぎることもなければ遅過ぎることもない。反対に何十年歌を詠んでいてもパッとしない歌ばかり詠んでいる人もいます。作歌何十年などと威張ってみても、出来上がった作品がつまらなければそれだけのこと。

　短歌との付き合い方もいろいろです。たとえば日々の暮らしの楽しみとして歌を詠む人。歌を詠むと認知症になりにくいらしいから、という人。この日まで生きて来た、その思いを子や孫に伝えたい、生きてきた証し、これもあります。私は学生時代、文芸としての短歌に憧れのような、畏れのような気持ちを抱いて短歌を選びました。何であってもいいのです。でも折角始めたのです。あなた自身にとっての短歌は何か、それを意識すること。それだけでも歌はぐっとよくなります。

私の希望、まず短歌を好きになってください。恋人とまで言わなくても親友。その親友の信頼を裏切らぬように心がけてください。例えば一首一首の歌をつねに新たな気持ちで詠む、それを続けること。毎日が無理ならできるだけで結構です。

整理すると、一つは「文芸」という意識をしっかりもって歌を学ぶ、という態度と、もう一つはまあまあ楽しく自分の姿を書き残しておこう、という方針、どちらでもよいのです。念のためにいえば、あなたは八十八年生きて来た人です。五十歳の人のまだ見ていないものを見てきたはずです。六十歳の感じていない何かを感じたこともあるはずです。八十八歳なればこそ詠める歌を詠んでください。世間には歌作りに慣れて、さも解ったような顔をして偉そうに詠んだり書いたりしている通俗歌人が大勢います。そういう人に比べるとあなたは何も汚染されていない、無垢の美しさを秘めているのです。いくつであっても新人は新人、つねにフレッシュです。可能性は十分にあります。ウマイヘタは二の次。あなたの素顔の出る歌を期待しています。

老後の楽しみ

私は一年ほど前から短歌を始めました。老後の楽しみと思って自分勝手な歌を作っています。すると友人がうまくなるには歌会に出なければだめよ、といってある有名な先生主宰の短歌会の例会に連れて行ってくれました。すると私の歌を何人かの人から、「こんなのは歌じゃない」とか「老後の楽しみ」とは無礼だ、などとさんざん罵られて泣いてしまいました。もうやめてしまおうかと思っています。私は間違っているのでしょうか。（東京都　J・W　女性）

その歌がどういうものだったたか、歌を見ないと何とも言えません。あなたをその歌会に連れていった友人は何と言っておられますか。

あなたは「老後の楽しみ」として歌を詠む、とおっしゃっています。それに対してあなたが出席された会の方々は文学とか文芸という高い？　意識をもって歌を作っている人たちのようです。ですから話が合わないのは当然で、そこはあなたは出ないほうがよかった会です。少なくとももっと作歌の経験を積んでから出るべきでした。

短歌というのは広くまた深い文芸です。世界的な芸術と肩を並べられるような短歌もあれば、自分だけの平凡な心の動きを三十一音の言葉に揃えた、という程度のものもあります。まさに千差万別、歌についての考え方もこれまた千差万別です。ひとしなみにこれが短歌だ、などとくくれるものではありません。

あなたが「老後の楽しみ」と思って歌を詠むのは決して悪いことではありません。たまたま見当違いの会に出てしまったということです。

多分あなたの歌は、短歌に打ち込んでいる人の目からみれば幼稚な歌と映ったに違いありません。歌を初めて間もないのですから幼いのは当たり前です。が、それを馬鹿にしてはいけない。その点は歌会の人たちのほうが間違っています。作り初めは誰の歌も幼いものです。誰もが踏んできた道です。あなただけが幼いのではない。が、大事なことはそこでやめてしまわないこと。ダメと言われても、また自分の非力を感じても辛抱して続けることです。歌を詠み続けているうちに少しずつ何かが見えてきます。例えば歌を作るのが楽しくて楽しくてたまらない時もあれば、歌がつくづくいやになる時もあります。何年続けても花が咲かないと嘆く人もいます。しかし歌を詠むのは花を咲かせることが目的ではありません。文学の芸術のといきまいている人たちの歌にもつまらない歌は山ほどあります。恐れる必要はありません。あなたのように「老後の楽しみ」でいいのです。それであなたの心が潤い、生活が楽しくなればそれも立派な歌の在り方だと私は思います。もちろんそのうちにもっと良い歌が作りたい、という欲が出てくるかも知れません。そうなればしめたものです。

短歌が千年以上の生命をもち続けたのは、日本人の、名もない人の心にまで歌を愛する気持があるからです。短歌は決して才子才女だけのものではありません。国民全体のものです。一年にたった一首でも思いを三十一文字にしたい、それが日本人にとっての歌なのです。どうか元気を出して歌を詠み続けてください。

可能性をさぐる

五年前に定年退職し、人に勧められて俳句を始めました。が、こどもの頃母に教えられた百人一首を思い出し、短歌も作り出しました。すると短歌の先輩から両方はいけないと叱責されました。でも正岡子規は両方やっています…。（東京都　R・T　男性）

確かに正岡子規は俳句も短歌もそれぞれ立派な作品を残しています。子規に限らず短歌と俳句、短歌と詩、短歌と川柳などそれぞれでよい作品を生み出している人は何人もいます。短歌と俳句とを両方続けるか、一つに絞るか、それは自由で、他人に指示されることではありません。ただ先輩が言われる意見はそれなりの理由がある筈、そこをよく聞いて判断の資にすべきです。

人の能力には限りがあります。今日は短歌、明日は俳句などと器用に切り替えて作品を生み出し、それぞれに力を発揮するなど、誰にでもたやすくできることではありません。子規はいわば特殊例です。

先輩の心配は、両方に関わると集中力に欠け、作品への努力が不徹底になることへの危惧だと思います。両方に関わることのメリットは、他のジャンルの作に接することによって視野が広がることがあげられます。短歌を鑑賞批評する眼と俳句のそれとは微妙に違います。それによって今まで気付かなかった自作の不備や欠点が見えてくることがあります。しかしまた反対に、短歌一筋に努力していてこそ見えるものがある。両方に眼が散ると見損なったり気付くのが遅れたりというマイナスも生じます。

よってこの問題は、良いの悪いのというよりも、自分がどちらの詩形に向いているか、自分で考えることのほうが重要です。

人はそれぞれ、短歌に向いている人と、俳句が適している人とがあるという見方があります。

思いを簡潔に端的に表現する人ならば俳句。情緒を湛え、調べよく歌う傾向の人ならば短歌。というのです。正しいかどうかは別として自分の好みや志向をよく考えて、選択することが大切です。

よく冗談まじりに言われることですが、俳句の人は、短歌のあの下の句、七七が冗漫で、切り捨てたいと言い、歌人のほうは、俳句は言いたりない。人間の全てを出さずにすませる、と。冗談とは言え、考えてよいことではありませんか。

私自身の経験を言いますと、父が川柳、兄が俳句でしたから、それぞれの差異は幼い時から漠然と感じてきました。それぞれの楽しさや苦心のさま、研究や努力の姿を幼い眼ながら見てきました。父や兄と同じ道を選ばなかったのは、考えた末に自分は短歌だ、と見極めたからです。でも、俳句や川柳はよく読みます。つねによき読者でありたいと心がけています。

お望みの答になったかどうか心配ですが、所詮はあなた自身の詩形への思いがどうなのか、ということです。私自身、もし問われれば、一つに集中するほうが好ましい、と答えます。

東日本大震災の歌

東日本大震災の歌を詠みたいと思って詠んだのですが、友人からやめなさいと言われました。大震災を詠むのはいけないことでしょうか。（鳥取県　Ｙ・Ｋ　女性）

質問が大きすぎて、このままでは答えようがありません。あなたの詠んだ歌もわかりませんし、友人がなぜよしなさいと言ったのかもわかりません。それで私の推測を加えて一般的な注意を申します。

あなたは被災地の方ではないようですね。また親族や友人が被災されたのでしょうか。それはさておき、まずテレビの映像を見てショックを受け、何か詠まずにはいられなかった、という人がいます。その程度の動機なら歌は詠まないほうがよい。まず東日本大震災とは何だったか。あなたなりの理解を確かめてください。何万人もの人が亡くなっているのです。その方々の遺族親戚知人の心を察してください。また数えきれないほどの人が家を失い、仕事を失い、病気になって苦しんでいます。もっともっと深く現地の状況や人々の状態を知り、その上で歌を詠んでください。

親戚や友人が被災された方は、身近に震災を感じておられましょう。より強い感動をもって短歌を纏めることはできましょう。しかしその場合もどのように歌うか、は問われることになります。これは震災に限らず、他の歌でも言えることですが、ニュースを見てすぐにお気の毒だのかわいそうだのという次元では歌わないこと。歌として記録しておきたいなどと言う人がいますが、そんな呑気な態度は許せません。被災者と同じ位置に立って、身を置き換えるほどの気持をもってほしいものです。

そしてまず、被災された方々の歌を読んで頂きたい。その方々の心に少しでも近付いて、それから詠んでも遅くはありません。テレビや新聞だけでなく、できれば現地の空気を吸ってから歌にしてほしい。(不可能な方は致し方ありません)。

どんな素材であれ、短歌に歌っていけないものはありません。しかし歌には難しい素材もあることは事実です。例えば原子力発電所の問題。発電所の爆発によって何十万という人が生活の根拠を奪われ、住まいを追われ、一家離散を余儀なくされました。そこでその直接の原因となった発電所、東京電力を怒り、政府を責め、攻撃する。それはわかります。それを歌いたければ詠めばよい。しかしそれだけでは終わりません。しかも複雑な問題が絡んでいます。原発の誘致に力を尽くした人もいれば長年反対を叫んできた人もいます。一方原発のおかげで生計を維持し、恩恵を受けて生きてきた人もいる。利害はさまざまです。またひそかに原発を疑いながら、黙って容認してきた人も多数います。津波や地震に比べると原発がらみの歌は詠みにくい、というのが現実です。

問題はあなたや私の心のありようです。安易な歌を詠むのは慎みたい。しかし詠みたいと思えばどしどし詠めばよい。他人のことは気にしなくてよいのです。ただし心は引き締めて詠む。それがたいせつです。

テレビからの歌

三月十一日の震災のテレビを見てワナワナと体が震え、涙が止まりませんでした。それを歌に詠みましたら先輩からテレビ見て詠んだ歌はダメだと一蹴されました。テレビの歌はほんとにダメなのでしょうか。（山口県　H・B　女性）

それはあなたの歌次第です。テレビ映像に触発されて歌を詠むことは、誰によらず多く行なわれています。震災であってもドラマであってもお笑い番組でも素材としては平等で、テレビだからいけない、ということはありません。が、その後が難しい。

先輩がダメと言われたのは経験に基づく警告と解されます。テレビに映された映像はとくに今回の震災のような場合、厳粛な事実です。が、それはあなた自身の眼で直接見たものではありません。先輩はそこをしっかり意識せよと教えておられるのです。すべてダメ、というのは極言ですが、過去の例から推して、テレビ映像から詠んだ歌の凡作駄作をいやというほど見ているからです。

つまりテレビ映像は、あなたにとっては間接的に得られた情報です。創作に携わるものは、テレビであれ、新聞であれ、与えられた情報をそのまま鵜呑みにするような軽率な態度であってはなりません。情報をどのように理解し、受け入れ、それをどのような形で表現するか、それが問題なのです。改まった言い方をすれば、あなた自身の歌人としての力量が問われていると言ってもよいでしょう。

一般的には、画面で見たものをそのまま言葉でおきかえる、これが最もつまらない歌になる詠み方です。

猛り立つ怒濤が押し寄せてきた。壁のような波が襲いかかってきた。魔物のような波が人や町を一瞬のうちに呑み込んだ、云々。それらはすでにテレビで報じられ、誰もが知っていることです。拙い言葉でなぞる必要はありません。むしろ被災者を傷つけ、悲しませる恐れさえあります。次につまらないのは、その情報から賢しらに社会批評や人生論を言い立てる歌。日本崩壊とか、祖国の危機とか、科学の傲り等々です。家族や家を失った当事者はどんな気持で聞くでしょうか。

十五年前、阪神淡路大震災の時も、情報はいちはやく全国、全世界に伝えられ、多くの歌が詠まれ、歌集も幾つか出来ました。その時言われたことは、実際に体験した人の歌の迫力と、テレビや新聞によって詠まれた、間接取材による歌との差。外からの歌は技術的には上手でも、それだけに空々しく感じられることがあります。当時、罹災者からは東京の人の詠む歌は呑気だなぁと言われたものです。もちろん例外はありますが、当事者の歌に比べると第三者の歌は何とも弱くなる。その限界は自覚すべきです。今回の震災では多くの死者や行方不明者が出ました。遠くにいる人がテレビを見て昂奮し、すぐさま歌に詠む。それは善意と真情から生まれたものであったとしても、被災された方々の心には遠く及ばないのではないかと私は思います。先輩はあなたの詠んだ歌は、被災された方々に見せて恥ずかしくないかどうか、そこを考えよ、と戒めておられるのだと私は察します。詠んでいけないことはありません。あなたの善意や真情をどのように表現するか、慎重に考えた上でのことにしていただきたいと思います。

人の話をもとに

他人から聞いた話を自分の体験のようにして歌を詠んでみましたが、リアリティがないとの指摘を受けました。またそういう詠み方は疑問だとも言われました。どういう注意が必要でしょうか。（東京都　Y・T　女性）

どういう歌を詠まれたのかわかりませんので、リアリティがあるかどうかはお答えできません。一般論としては、自分の体験していないことを体験した人の身になって詠むことは、いけないことではありません。「万葉集」以来行なわれていること（代作といいます）で、丹比真《たじひのま》人《ひと》が柿本人麻呂の心になって詠んだとされる歌「荒波に寄りくる玉を枕に置きわれここにありと誰か告げなむ」をはじめ、中世の和歌にも曾根好忠《そねのよしただ》や壬生忠見《みぶのただみ》にまつわる話など、真偽はともかく、伝えられています。

近代現代になってからは、戦死した子に代わって詠んだ父の歌や、早世した娘の心で母の詠んだ歌など多くの例があります。このたびの大震災でも亡くなった人に代わって家族や友人の詠んだ歌もさまざまに伝えられています。

もともと短歌が創作であるからには、小説や戯曲と同じで、作者以外の人物を中心として詠んでも一向に差し支えはないのです。ただこれまで短歌では「作者即私」（歌の中の「我」はそのまま作者自身）という理解があまりにも強かったために、塚本邦雄のように早くから「作者即私」という常識を批判してきた人もいます。

ここまでは原則です。さてしかし、他人に成り代わって歌を詠む、ということは実際にはかなり難しいことです。和歌の歴史を見ても数としては決して多くはない。ということは、実作としての困難が伴う上に、何かとトラブルが発生する恐れがあるからです。

まず、実作のことをいえば、代作の作者は対象となる人について、本人と同程度以上の内容が必要でしょう。上べだけ、あるいは事柄だけの理解に基づいて詠んでも、形式的な心の浅い作品になりがちです。ご質問にあった「リアリティがない」という歌に陥るおそれは多分にあります。短歌に限らず、あらゆる表現の上で、実体験の強みはどんなことであっても厳然と存在します。それは多くの文学作品の上で明らかなことです。自分が体験していないことは絵空事になりやすい。短歌は短い形式ですから、目立たずに済む場合もありますが、技巧的であればあるほど、却ってそらぞらしく感じられることが多いのです。

次に、発表の仕方によっては対象となる人の人間性や生涯を傷つけるおそれもあるということとです。過去、たとえばヤマトタケルの身になって多くの歌人が作品を成してきました。こういう歴史上の人物ならばともかく、近代現代の人を対象とする場合にはよほど慎重な姿勢が必要です。殊に戦争や大震災の関係では、身近な人が亡くなったり行方知れずになっている人が何人もいます。テレビや新聞報道をもとに歌を詠んでいけないことはありませんが、軽率な物言いから被災者や関係者の心を傷つけることもままあります。

要するに他人の体験を自らの体験として詠むのは自由です。しかし難しい。まずは自分の体験をしっかり詠めるようになってください。代作はそれからでも遅くはありません。

本歌取りとは

本歌取りについて教えて下さい。どこまでが許されるのでしょうか。（静岡県　M・M　女性）

いま歌壇の一部ではきわめて安易で浅薄な理解のもとに本歌取りという言葉が使われています。本歌取りとは、他人の歌の言葉を自分の歌に適当に利用することだ、といった程度の考え、これは大間違いです。

わかりやすい例としてよく引かれますが、斎藤茂吉の「愁ひつつ去にし子ゆゑに藤のはな揺る光さへ悲しきものを」は柿本人麻呂の「朝影にわが身はなりぬ玉かぎるほのかに見えて去にし子ゆゑに」の本歌取りと言われています。

ひろく言えば、本歌取りは特定の歌の言葉を取り入れて作歌する表現技巧のことですが、それにはある程度のルールがあります。それを理論的に示したのが藤原定家です。簡単に整理しますと、定家はまず対象とする歌は古歌であること（近代の歌はいけない）、もとの歌と主題を変えること、長さはほぼ二句か、二句プラス三、四字まで、取った歌はもとの歌と位置を変えること、結果として本歌と違う別の詩的な作品が生まれること、などが条件です。

もちろん定家の説が絶対ではありません。時代によって異なる解釈や方法が出ることもあり得ます。古典のルールは尊重しつつ現代の本歌取りがあってよいとは思います。しかし最小限のマナーは守ってほしいものです。

例えば本歌取りをする歌はある程度の歌人なら誰でもが知っている著名な歌であること、そうでない歌ならば、必ずその前か後に本歌とした歌を註として掲げること、定家の言うように本歌とテーマを変えたり、語句の位置を変えたりすること、その程度は守るべきです。反対に、同時代の先輩や友人の作から無断で一部を取ってくるなどもってのほかです。ある会で「同じきは一つとて無き野仏のほほ笑むお顔なべて静けき」という歌に出会いました。作者は本歌取りだと言って悪びれる様子もない。もちろん大西民子作の「完きは一つとてなき阿羅漢の」の盗用です。要するに他人の歌の語句を無断で使用するのは原則として盗用であることを強調しておきます。本歌取りは盗用や剽窃の隠れ蓑ではありません。

何よりもまずなぜ本歌取りをするのか、その自覚が肝心です。時には本歌への批判をこめて本歌取りを試みる人もいます。そういう自覚をもってするのは意味のあることです。しかし単に読者の喝采を狙い、興味本位で名歌に似せた歌をこねあげ本歌取りと称する人がいるとすれば、それはもっとも卑しい作歌態度と言わねばなりません。ご質問に「どこまで許されるか」とありますが、「許される」範囲なら適宜他人の語句を借用してもよいという考えは本歌取りとは言えません。

もし本歌取りについて学ぼうとするなら、藤原定家の「詠歌大概」を読むのが最上ですが、古典ですから、手に入れやすいものとしてまず『現代短歌大事典』の解説（米川千嘉子執筆）を一読されるよう、お勧めします。

本歌取りと部分盗用

知人の歌で下の句（七七）が現代歌人の作にそっくりなので注意しましたところ、本人は本歌取りだからよいというのです。次の歌は本歌取りとして通用するのでしょうか。

「子らのため何せし我か夕闇に最晩年が鷺のごと来る」（栃木県　R・K　男性）

あなたが思い出されたのは河野裕子さんの「もういいかい、五、六度言ふ間に陽を負ひて最晩年が鴫のやうに来る」（『体力』）だと思います。確かに下の句は「鴫」が「鷺」に変えられただけでほとんど同じです。本歌取りとは何か、それを言う以前に、この歌は表現の部分盗用、模倣として咎められるべきものと思います。河野裕子の歌の眼目は「最晩年が鴫のやうに来る」です。第四句に「最晩年」をおいた歌はあまり見たことはありません。この第四、五句は作者が苦心して得た独創的表現です。さらに「鴫」と「鷺」は決定的に違います。同じ模倣でも程度が低過ぎる。先人の作品の肝心な部分を盗み、平気で自作に使う、その神経は表現者のモラルとして許されるものではありません。

最近は「本歌取り」という言葉が安直に使われ、本来の意味を知らず、部分盗用の自己弁護に使われている例が非常に多い。嘆かわしいことです。本歌取りには明文の定義があるわけではありません。しかし古典和歌の時代から言い伝え、書き伝えられているものが幾つもあります。

『和歌文学大辞典』には藤原定家の規制が記されています。①言葉の長さは二句またはプラス三、四字まで、②取った言葉は本歌と同じ位置ではなく変えること、③季節や主題を本歌とは変えること、④本歌の作者は定評ある古人であって、近代の歌は取ってはならない云々。もちろん時代は違いますし、誰もが定家に従わねばならぬということはありませんが、これが基本だということは承知しておきたいものです。

さきほどの歌をこれに合わせてみると、①確かに言葉数は二句以内です。②位置は本歌と同じ（第四、五句）。③主題は人生を顧みていることでは同類。④作者は同時代の人。よって②③④ともに定家の規制にてらしてみるとルール違反ということになります。

要するに現代の歌人の作品から、素敵な表現を見つけ、そこで使われている言葉をちょいと拝借、と言った態度はもっとも軽蔑すべきことで、決して許してはなりません。近年インターネットの普及によって他人の作品を読み、鑑賞することがたやすくできるようになったのはたいへんありがたいことには違いありませんが、盗作や類似作も著しく増加しています。（先人の名作をパロディとして用いることもありますが、それはあくまで例外）。
　表現者のモラルはしっかり維持したいものです。

外国の詩から

　翻訳家の知人が、外国の詩をアレンジしたものを自分の作品として発表したと聞き、驚きました。本歌取りについては前にこの欄第20ページで学びましたが、外国の詩の場合はどうなのでしょうか。盗作になるのでしょうか。（秋田県　K・M　女性）

もとになった外国人の作品も、翻訳家の詠まれた歌も、どういう作なのかわかりませんので、明快な答は致しかねます。語句がまったく同じなのか、どの程度似ているかによって判断は変わりましょう。常識的には、その作は原詩の「日本語訳」として発表すべきものと思います。

　しかし一般に、海外の詩を読み、そこで得た感動に触発されて歌を詠む、ということはいまに始まったことではありません。程度の差はあっても、外国の詩に刺激されて、そこで使われている単語やフレーズを用いて歌を詠む。その詩の感覚やリズムをヒントに歌に詠む。よくあることで、勉強の一助として決して悪いことではありません。あるいは小説や映画演劇で多く見られる翻案のように、内容をなぞりながら部分を変えて短歌らしくする、といった形もありましょう。実例を挙げるのは慎みますが、そういう歌は、私の乏しい読書経験の中でも再々気付いていています。つまり珍しいことではないのです。

ただしその場合でも、作品が原詩とまったく同じという場合は著作権の問題が生じます。が、言語も違い、詩形も違いますから直接著作権に関わるほどの事例は少ないと考えられます。

相談の趣旨から外れるかも知れませんが、本欄に寄せられる相談で、もっとも数が多いのが、これは盗作ではないか、本歌取りの範囲か、どこまでが模倣か、といった創作性（オリジナリティ）に関わることです。いま文書機械の発達によってコピーがいともたやすく出来る世の中になりました。その派生効果として驚いたことがあります。

5音や7音のすぐれたフレーズをたくさん集め揃えてストックしておき、いざという時はその宝庫？　からさまざまな組み合せを作って考える。その最上の歌を応募して入選を狙う達人がいると聞きました。何とも情けない話ではありませんか。つまりその人は、佳い作品を詠む、というよりも他人の生み出した語句を集め、選択し、使用して入選の栄誉を得る。そのために歌を詠んでいるということになります。これは極端な例ですが、他にも部分借用、一部盗用のトラブルは今も絶えません。自分にとって歌は何か、しっかり考えて頂きたいと思います。

Ⅱ　歌と向きあう

定型をまもる

何度推敲しても「字あまり」になり定型になりません。何か方法がありますか。（群馬県　H・O　女性）

五七五七七の定型は短歌の基本です。定型あっての短歌です。どのような内容であっても定型に収めるために最大限の努力をすること、それは先ず守ってほしいことです。

とは言うものの、定型に収まらない歌があることも事実です。「何度推敲しても定型になりません」と言われる場合、具体的な例歌に添って考えるべきで、一般的な字あまり予防法など、あるはずはありません。ただ初心の方の傾向として幾つかのヒントは言えます。

①まず一首の中に内容を盛り込みすぎること。短歌は小さな器です。あれもこれもと言いたいことを詰め込もうとすると、おおよそ字あまりになりがちです。②次に短歌は「詩」であって報告文や説明文、評論文ではありません。自分の気持をわかってもらおう、と願うあまり、ついい言葉が多くなる。この「わからせよう」「わかってもらいたい」気持を捨てないと、当然字あまりが生じます。言うべきことは感動の中心だけでいいのです。③要するに無駄な言葉を

捨てる勇気、感情を単純に切り詰める勇気が肝心です。しかし、定型厳守は絶対ではありません。時には字余りや字足らずにしなければならない歌もあるのです。例えば定型をまもるため、不用意に助詞を省略すると、意味が混乱したり不明になったりすることはしばしばあります。その時は恐れずに字あまりにしてよいのです。また地名など固有名詞は無理な省略は出来ません。さらにまた自分勝手な略称や略語も警戒が必要です。

次の歌を定型におさめるにはどうしたらよいでしょうか。「霜の朝藁を焼く人の姿あり刈田に霧のごとく白煙溜まる」（熊本県　K・S　女性）

車中から見た早朝の刈田の情景でしょう。上の句で「霜の朝」と言って、下の句で煙が「霧」のようだというのは読者が混乱します。単に白い煙が漂っていると言えばよい。「溜まる」も幼い。「霜の朝藁焼く人の姿あり刈田に白き煙ただよふ」で取り敢えず定型になります。

かなづかい

一首の中に新旧のかなを混ぜてはいけないと言われていますが、新かな表記の場合、例えば「閉づ」「恥づ」「出づ」「撫づ」なども「閉ず」「恥ず」「出ず」「撫ず」と書くべきなのでしょうか。(長野　T・K　男性)

まず一首の中に新旧のかなづかいが混在するのは好ましくありません。これは特に明文の規定があるわけではないのですが、伝統詩としての短歌の品格、あるいは日本の詩としての常識ということです。次にここにあげられた『動詞』ですが、ご指摘のようにすべて「ず」と書くのが原則です。それは昭和二十一年十一月十六日に内閣告示第三三号として発表された「現代かなづかいの要領」に次のように明記されています。「旧かなづかいの**ぢ・づ**は、**じ・ず**と書く。ただし(1)二語の連合によって生じた**ぢ・づ**、(2)同音の連呼によって生じた**ぢ・づ**はもとのままとする」。

ところで短歌は文語体で記されることが多いので、困った問題が発生します。つまりご質問の中にある「出づ」ですが、これを規定通り「出ず」と表記すると「デズ」なのか「イズ」なのかわからなくなります。

・ひよこらは競って外へ出でんとす出口より出ず小窓より出ず

これは「出口から出ないで小窓から出る」なのか「出口から出るものもあり小窓から出るものもある」ということなのか「出口からも小窓からも出ずに混乱している」状態なのか、解釈がつきません。新かなづかい表記短歌の致命的な弱点です。そこでいくつかの結社ではその弱点を補うために「イズ」と読ませたい時に限って「出づ」と表記する、という例外規定を設けています。まことに姑息な一時凌ぎのようなきまりですが、実際に行なわれています。

新かなづかいの困る点をさらに言うと、右にあげた「二語の連合と同音連呼」の難しさです。手綱はタヅナだが絆はキズナであり、大詰めはオオヅメだがさし詰めはサシズメです。普通の市民にその違いが説明できますか。

また「大阪」はひらがなでは「おおさか」と書きますが「逢坂山」は「おうさかやま」が正しいとされます。なぜでしょう。それは「オ列の長音は「おう」「こう」「そう」「とう」のようにオ列のかなにうをつけて書く。但し旧かなづかいで「ほ」を用いたものの場合は「お」を用いる」という但書があるからです。つまり旧かなづかいでは「オホサカ」なので「おおさか」となり、また旧かなでは「アフサカヤマ」と書くので「おうさかやま」が正しい、と。とすれば旧かなづかいを正しく知っていなければ、新かなづかいのひらがな表記や振り仮名は正しく書けないということになりかねません。不思議ですね。

このように新かなづかいは実は矛盾だらけ、正しく習得するのは非常に難しいものなのです。旧かなづかいは難しく、新かなづかいはやさしい、というのは迷信に過ぎません。

かなづかいは新旧どちらが正しいという二者択一の問題ではありません。それぞれに一長一短があります。各自が時間をかけて研究し、自分の考えを築いていただきたいと思うことです。

かなづかいと文語　新と旧と　1

短歌を始めてまだ一年です。先日ある人の歌集を読んでいて、文語体の歌はカッコイイなあと思い、使ってみたくなりました。しかし私は古いかなづかいを知りません。新かなづかいで文語体の歌を作ってもよいのでしょうか。（千葉県　K・K　女性）

新かなづかい（正しくは現代かなづかい）で文語体の歌を詠んでも一向に差し支えはありません。かなづかいの新旧と、文語体か口語体かということは別の問題です。反対に旧かなづかい（正しくは歴史的かなづかい）で口語体の歌を詠んでも差し支えはありません。現在、短歌の世界ではどちらも行なわれています。ただし、一首の歌の中で新かなづかいと旧かなづかいを両方用いる（新旧混用）のは不可、どこの短歌雑誌でも短歌会でも認めていません。

次に文語体か口語体かということは、二者択一ではなく、程度の差はありますが、短歌界では両方用いられているのが現状です。というよりも戦後教育によって育った人たちにとっては口語体が普通の言葉で、文語体は短歌や俳句でだけ用いられる特殊な？　言葉だという程度の認識の人が多い（困ったことですが）のではないでしょうか。

昔は（という言い方には憚りがありますが）短歌は文語体で歴史的かなづかいを用いて詠まれるのが一般的でした。しかし第二次大戦後、国語改革の名のもとに現代かなづかいが制定施行され、これと当用（常用）漢字が行政や教育、新聞出版界で多く用いられるようになって、短歌の世界も徐々にその影響を受けるようになりました。国語改革が行なわれてほぼ七十年、大まかに言って短歌の現状には四つの傾向があります。

① 主に文語を使い、旧かなづかいで歌を詠む。
② 主に口語を使い、新かなづかいで歌を詠む。
③ 主に文語を使い、新かなづかいで歌を詠む。
④ 主に口語を使い、旧かなづかいで歌を詠む。

しかしこの四つにきっちりと分けるのは不可能です。というのは、程度の差はあっても文語と口語の混用が常識になっているのが実状だからです。右の「主に」が捉えられにくくなっています。

質問者のＫ・Ｋさんは、自分は例外のように思っておられるようですが、決してそうではありません。新かなづかいで文語体の歌を詠んでいる人はたやすく見つけられます。

・ねがえりをうちたるようにこの世からいなくなりたりふいに一人が　沖ななも『三つ栗』

・毒入りのコーラを都市の夜に置きしそのしなやかな指を思えり　谷岡亜紀『臨界』

どちらも文語的な歌ですが、新かなづかいで詠まれています。

ここからは私見です。もともと歴史的かなづかいは文語体（文語文法）とともに生きてきたもの（私は①の一人）です。日本語の歴史にそって言えば、本来現代かなづかいと文語体（文語文法）とは馴染みにくいものなのです。が、ここは議論をする場ではありませんのでそれ以上は申しません。「大いに試みてください」とだけ申し上げます。そのうちに歴史的かなづかいもマスターして頂きたいと願うことです。

かなづかいと文語　新と旧と　2

公私を問わず、各種の短歌コンクールがありますが、一人三十首を一組として応募する場合、例えば旧かなずかいで二十首、新かなずかいで十首としてよいのでしょうか。（茨城県　K・U　男性）

まず「かなずかい」という表現はありません。「かなづかい」です。こういう神経の粗い方にかなづかいという微妙な問題がどれだけわかって頂けるか、心配です。「かな」の使い方ですから「つかう」に濁点がついて「かなづかい」になります。なぜ二ヶ所も「かなずかい」と書かれたのか、理解しかねます。

ご質問ですが「よいのでしょうか」と問われれば「よい」と答えるよりありません。つまり作品の表現は、あくまで作者の自由だからです。

しかしご承知のように、かなづかいは一首の中では混用しないこと。これはどこの結社でも大会でも決まっています。そしてかなづかいは、各人が自分で考え、各自の方針を決めて統一すること、といったことが、多くの会で決められているようです。結社によっては新か旧か、きっぱりと決めているところもあります。

あなたが自作の中でかなづかいを一定の数ごとに新と旧とに分けて発表することは、そのこと自体は自由だと思います。が、後は選者や読者がどういう感想をもつか。あなた自身がかなづかいについてどういう考えをもっているか。それによって反応は変わってくるでしょう。

ここから先は私見ですが、かなづかいというものは歴史的かなづかい（旧）にせよ現代かなづかい（新）にせよ、日本語の長い歴史の上に成り立ったものです。いま、短歌の世界では新旧両方が通用しています。新かなか旧かなかの問題は、どちらが良いとか、どちらがより正しいとかいうことではありません。短歌の表わし方について、歌人一人一人の意識や考えによってそれぞれに用いられているのです。長い作歌の過程で、旧かなから新かなに変えた人もいれば、新かなから旧かなに戻った人もいます。何も疑わずに新を使っている人もあれば信念をもって旧を貫く人もいます。ここには短い言葉では言い尽せない、深い、難しい問題がひそんでいます。ですからかなづかいを選ぶことは、外出するに当たって赤いジャンパーにするか紺のセーターにするかといった外見上の問題ではなく、その歌人の言葉に対する意識が問われることなのだと言ってよいと思います。

あなたが三十首のうち二十を旧かな、十を新かなで発表するとして、どういう根拠があって区別するのか。どういう意図があるのか、その意図が作品の上に反映されているか、それが問題です。よほどのお考えがないかぎり選者たちには受け入れられないのではないかと私は危惧いたします。願わくは興味本位の試みではないことを。慎重にお考えになることを祈ります。

話し言葉

私は話し言葉で歌を作ってしまうのですが、いけないことですか。（群馬県　M・O女性）

具体例がないので答えにくいのですが、話し言葉で歌を詠んでも一向に差し支えありません。言葉は自由です。しかし言葉にはそれぞれ性質があります。歌になりやすい言葉や語句（フレーズ）、歌になりにくい言葉や語句は当然あります。話し言葉は人と人とが話し合うために使われる言葉ですから、どちらかと言うと相手にわかりやすく伝えるための言葉です。わからせるために長々と話すこともあります。ですから、言葉の美しさ（語感・韻律・簡潔性）や奥行の深さ（意思・思想）などは二の次になります。ですから、話し言葉で歌を詠むのは、本来は難しいことなのです。が、わかりやすいことを主眼とし、限界を知った上で挑戦するのは決して悪いことではありません。

話し言葉を生かした名作を二、三紹介しておきます。話し言葉ではあってもこれらは決して手軽に詠まれた歌ではないことをよくお考え下さい。

・疲労つもりて引出ししヘルペスなりといふ八十年生きればそりゃあなた
斎藤　史『秋天瑠璃』

・生れは甲州鶯宿峠に立っているなんじゃもんじゃの股からですよ
山崎方代『右左口』

・「寒いね」と話しかければ「寒いね」と答える人のいるあたたかさ　俵　万智『サラダ記念日』

ルビのさまざま

①眠られぬ真夜中に夫《つま》の寝息聞く百歳までも健やかにあれ
②去年《こぞ》逝きし息子《こ》の部屋に長く掛かりいしシャガールの画を今宵下ろせり

ある歌会に①の歌を出しましたら「夫」を「つま」と詠むのはおかしいと若い人から非難されました。先輩たちは使っています。②は友人の歌ですが「息子」に「こ」とかなが振ってありますが、よいのでしょうか。（岡山県　F・S　女性）

ふりがな（ここではルビということにします）の問題は非常に複雑で、簡単には説明し尽くせないところがあります。①「つま」というのは古くは配偶者の意で、男女とも互いに相手を呼ぶのに使われました。間違いではありません。短歌では近代になって「万葉集」に学ぶという風潮が盛んとなり、多くの歌人は競ってその用語や叙法を用いました。その一端として、夫を「ツマ」と呼んだり地震を「ナイ」と称したりする慣例が広がり、それが現在まで尾を引いているのです。しかしこれは短歌の世界だけに通用する用法で、日常生活ではほとんど見られませんので若い人が違和感を抱くのも無理からぬことです。さすがに昨今ツマは減少傾向にあります。②は初心の方の歌に多く見られます。音数を考慮するあまり、漢字や熟語に自分の都合で勝手にルビをつける。いわゆるあて読みです。亡父（ちち）、亡母・姑（はは）、亡夫（つま）、吾娘（あこ）、そして②の息子（こ）といった形です。

ルビのつけ方には特定のきまりがあるわけではありません。いわば作者の自由なのですが、読者の立場からすれば理解や許容度に差が生じます。私見では姑の（はは）や吾子の（あこ）あたりまでは許容範囲ですが、亡父の（ちち）や息子の（こ）は好ましくありません。短歌は事実の正誤を問うものではなく、感動の中心、核を伝えるもの。身元調べは必要ないのです。

ここまではむしろ受け身のルビですが、逆に積極的にルビを振って読者に働きかけようという試みもあります。

わかりやすい著名な例は北原白秋の『桐の花』です。

・霊《たましひ》の薄き瞳を見るごとし時雨の朝の小さき自鳴鐘《めざまし》

・人力車《じんりき》の提灯《かんばん》点けて客待つとならぶ河辺に蛍飛びいづ

「自鳴鐘」に「めざまし」、「提灯」に「かんばん」とルビがあります。また外来語では「羽毛襟巻」に「ボア」、「絹帽」に「シルクハット」とルビを振っています。白秋は漢字のもつ表意性と、日本語の語感、外来語の発音など、視覚・聴覚両面からの刺激を考慮してこういう表記を試みたのです。明治末年の驚くべき新感覚です。

現代にもルビを積極的に用いている例があります。

・似非邸宅《マンション》の谷間にくぐもる胴間声ニッポンの男の声なりこの声　島田　修三

・あぢさゐを〈水の器《ハイドレンジア》〉と呼ぶこころ　西洋人《きみたち》かなりやるぢゃないか　大松　達知

これらは、ともにある批判意識をもってルビをつけ、一首を纏めています。人によって賛否は当然ありましょう。

ルビについてはまたあらためてお話ししたいと思います。

ルビのかなづかい

私の知人で旧かなづかいで歌を詠んでいる人がいます。がその人は自作の短歌のルビを新かなづかいで書いているのです。尋ねるとこれでよいのだ、俳人は皆そうしている、というのです。私は旧かなの歌にはルビも旧かな、新かなの歌はルビも新かなで統一するべきだと思うのですがいかがでしょうか。（福島県　K・K　男性）

あなたのお考え通り、旧かなづかいの歌にはルビも旧かなにする。新かなづかいの歌はルビも新かなづかいを用いる。それが常識であり、正しいと思います。俳句の人のことは私は知りませんからお答えできません。私の経験では、以前ご質問のように、旧かなづかいの歌に新かなづかいでルビを振っている例を見たので注意したことがあります。その人の反応は「ルビは読みにくい文字を正しく読むためのもので、発音記号に過ぎない。だから新かなづかいでよいのだ」というのです。これは暴論で、ルビは決して発音記号ではありません。作品、つまり短歌の一部と私は考えます。

いまはルビという言葉が一般化して使われていますが、本来は「振り仮名または振り仮名用の小さな活字」のことで、もとは出版・印刷の職場で使われていた業界言葉です。

五号活字の振り仮名として使われていた七号活字が欧文活字の大きさｒｕｂｙに近かったからとか、宝石のルビーのように小さかったからなど諸説あります。

活版印刷機が輸入され、明治時代に印刷術が急速に発達普及し、新聞雑誌書籍の刊行が盛んとなりました。その時代に読みにくい漢字やむずかしい漢字を読むための補助手段として、ルビが多用されるようになりました。漢字を覚えることが教育の中心にあった時代にはルビは読書意欲を高め、語意習得に大きな役割を果たしたといえます。

しかしその後ルビは単純な読解の補助手段としてだけではなく、文学的表記の一部として活用されるようになりました。北原白秋の『桐の花』はいうまでもなく、現代の塚本邦雄に至るまで、随所に見られる多彩なルビは、まさに短歌の表記の幅を広げ、その影響は今日までも及んでいます。

しかし一方、表意文字としての漢字の奥行を利用しての「当て読み」も多く行われていること、夏目漱石を初め、明治の作家にはかなり多く見られます。さらに最近のテレビやCMなどではあまり上等とは言えない勝手なルビが氾濫している現象も多く見られます。植物名の木瓜(ぼけ)などはよいとして義理母(しゅうとめ)は無理か。反対に中庭(パティオ)など外国語をルビに用いて新鮮な効果をあげた例もあります。

ルビのかなづかいの新旧の差異を手がかりにして、短歌におけるルビのあり方について考え直すことも大いに必要なことではないでしょうか。

動物植物の表記

・苑に見しシオンの花の紫が日暮れの今も瞼を去らず

ある歌会でこの歌を出しましたら紫苑をカタカナで書くなどもってのほか、漢字にしなさい、と言われました。カタカナはいけないのでしょうか。（山梨県　K・U　女性）

ある言葉を漢字で書くか、ひらがなで書くか、カタカナで書くか。これを表記の問題と言います。原則として表記は作者の自由です。紫苑でもしおんでもシオンでも良いのです。が、短歌の場合、何がふさわしいかと言えば、私は漢字で「紫苑」と書くことに賛成です。

戦後の国語改革によって日本語の表記はさまざまに変わりましたが、その中で動植物の名は学術用語の場合はカタカナで書き表わすことになりました。それはそれで止むを得ないこととして、学校や新聞雑誌では常用漢字にない動植物の名はすべてカタカナで書くようになりました。これは規則というほどの強制力はないのですが、多くの人が慣例として従うようになり「熊とヒグマは似ているが、猫とネズミは大違い」といった不揃いな文が罷り通っているのが現状です。

しかし文学・文芸の世界は決してこういう愚かな慣例に従う必要はありません。「紫苑」はその花の色を意識して紫の漢字があてられたのでしょう。（なお「紫苑」は正しくは「紫菀」です。）Uさんは戦後教育で育った若い方なのでしょうか。カタカナ表記のほうが身について、植物の名をカタカナで表わすことに何の抵抗も感じられない世代のようです。が、この際動植物の名を漢字で表わした歌の例を少し見ることにしましょう。

・浴室の磨硝子《すりガラス》の向かうに屈む子を大きな螢のやうにも思ふ　河野裕子『体力』

・河骨《かうほね》の花の間にゐる蝦《えび》の身は水中にして透きとほりたり　田宮朋子『雛の時間』

・水のあるほうに曲っていきやすい秋のひかりよ野紺菊咲く　吉川宏志『海雨』

右の歌の場合、「螢」が「ホタル」であったら歌の印象はどう変わるか。「河骨」が「カウホネ」で「蝦」が「エビ」であったらどうか。「野紺菊」がノコンギクであったら……など、思うだけでも元の歌の味わいがすっかりなくなり、歌が壊れてしまいます。学校で教わったから、とか新聞雑誌がそうだから、などという安易な考えは文芸に立ち向かう時はきっぱりと捨ててください。それよりも短歌俳句の先人たちが、この国に生きる動物やこの大地に育まれた草や木をどのように書き表わしてきたか、そこを考えてください。

繰り返しますが、表記は自由です。「バラ」は「ばら」であっても「薔薇」であってもみな間違いではありません。作者が決めればよいことで、誰から強制されるものではありません。しかしそこで作者の言語感覚が問われることになります。「オトギリソウ」はなぜ「弟切草」と書くのか。「オモト」はなぜ「万年青」なのか、また「ホトトギス」には「不如帰・時鳥・子規・杜鵑」などさまざまな表記があります。なぜか。それを考えるだけでも歌の奥行が深まると思います。翻って俳句の人で動植物の名をカタカナで書いている人はほとんどいないのではないでしょうか。それだけ歌人は呑気で言葉について不勉強・無神経なのではないか、と私は憂えています。

一人称の表記

短歌を詠む時に一人称の表記に悩む事があります。「吾」は古い感じだし、「我」が一般的だと思いますが、意味の違いがわからないためについ「われ」とひらがなを使ってしまいます。「吾」と「我」はどう違うのでしょうか。（東京都　E・A　男性）

これは難問です。白川静によれば、「吾」はもとは祝詞を収めた器に木で組んだ大きな蓋をした形とあり、また「我」は鋸の象形とあります。どちらも古くから一人称に用いられたようです。
「万葉集」には「吾勢枯乎　倭辺遣登　佐夜深而」（吾が背子《せこ》を大和へ遣《や》るとさ夜《よ》深けて）また「我衣色服染」（わが衣色《ころもいろ》つけ染《そ》めむ）と両方の例がありますが、「万葉集」全体では「吾」のほうが用例は多いようです。「吾」と「我」が時代や異本などによって違う意味があるのかどうかは私には判りません。専門家の教示を俟ちたいところです。

　さて近代・現代歌人はどのように書き表わしているか。
いくつか調べてみました。実に混沌としています。

　以下「吾・吾が」を①、「我・我が」を②、「われ・わが」を③として用例数を比べます。

正岡子規『竹乃里歌』は①五、②三十一、③二十八。
斎藤茂吉『赤光』は①十六、②二十八、③七十六。
土屋文明『六月風』は①五十四、②なし、③九。
宮柊二『小紺珠』は①六、②一、③五十四。
窪田空穂『冬木原』は①なし、②二十六、③一二六。
佐藤佐太郎『帰潮』は①三十八、②なし、③五十一。
河野裕子『森のやうに獣のやうに』は①一、②なし、③四十八。

高野公彦『汽水の光』は①二、②二十五、③四十八。

刊行順に並べました。短時間の作業なので多少の数え違いはお許し下さい。

要するにルールらしきものは見当らないこと。作者によって違うのはもとより、同じ作者でも歌によって使い分けています。なかには同じ作者が同じ一連の中で「我」と「われ」を両方使っている例もあります。歌一首の内容、調子、漢字ひらがなのバランスなど、作者の感覚や気分で自由に使い分けているようです。

傾向としてアララギ系の人に「吾」が多いのは「万葉集」を範とした影響でしょうか。なおここにはあげていませんが、北原白秋『桐の花』はほとんどひらがなで「我」や「吾」は数えるほどです。

また「我」は明治になって文学青年たちが「自我」（エゴ）の意識に目覚め「吾」より「我」のほうが新しい？　という感じが生じたのかも知れません（窪田空穂は「明星」の「新詩社清規」の中の「われらは互に自我の詩を発揮せんとす」に強く魅せられた、と書いています）。その空穂は「吾」を使わず、反対に文明や佐太郎は「我」を使わない、というのも興味深いところです。最近はひらがなの「われ・わが」が多くなっていることは上の例で明らかです。右、私の判る範囲で答えました。

い・ひ　ん・むの読み方

①「底ひ」という言葉は旧かなづかいでの発音は〈い〉なのでしょうか。それとも〈ひ〉でしょうか。「やよひ」は「ひ」と書いても「い」と発音します。②次に「ならむ」も〈ん〉なのか〈む〉なのか、③「老ひて」は「老いて」と「老ひて」とどちらが正しいのか、混乱してしまいます。ご教示ください。（千葉県　H・I　男性）

①わが胸の底ひをい行くひと筋のつめたき流れありと言はずやも　　来嶋靖生『雷』

自作を例にしますが、この「底ひ」は名詞です。物事の至り極まる所。「ソコイ」と発音します。もちろん「やよひ」の発音も「ヤヨイ」です。

②大き骨は先生ならむそのそばに小さきあたまの骨あつまれり　　正田篠枝『さんげ』

この歌の第二句は「センセイナラン」と読みます。「ならむ」は助動詞「なり」の未然形「なら」に同じく助動詞「む」の終止形がついたもの。推定で（先生であろう）の意になります。発音は「ナラン」です。ただしそれは現代の話で奈良時代や平安時代の人が「ム」に近い発音をしていたかどうか、それはわかりません。しかし現在は「ナラム」という発音はあり得ません。

③「老いて」は動詞「老ゆ」の連用形「老い」に助詞「て」がついたもの。「老ゆ」はヤ行上二段活用の動詞ですから「い・い・ゆ・ゆる・ゆれ・いよ」と変化しますから「老ひて」になるわけはありません。「老ひて」は明らかに間違いです。

・老いて知るわが父母《ちちはは》やあきらかにいたはり合ひて一代《ひとよ》経《へ》ませる　窪田空穂『木草と共に』

さて質問に対する回答としては右の通りですが、実はここには日本語の表記についての大きな、そして複雑な問題が横たわっているのです。しかしそれを解説するのは私は適任者ではありませんが、少しだけ記すことにします。

問題は実際に発音発声する言葉と、文字で書き表わす言葉との間に「差」があることです。戦後の国語改革は、漢字が教育の妨げになっているから減らすことにしよう。かなづかいは「てふてふ」などを改め、できるだけ発音通りに書き表わそう、といったところが大きな眼目でした。しかしそれは容易なことではなく、昭和二十一年に当用漢字として一八五〇字を定めたものの、実際には不都合が多く、人名用の漢字をふやしたり、当用漢字から常用漢字へ一九四五字に増加（昭和五十六年）したりしました。またかなづかいも、発音通りにするのは不可能に近く、「は」や「へ」「を」などの助詞は例外であるとか、「ぢ」と「づ」の区別や「オ」

と長音の表記など、数々の例外規定を設け、矛盾だらけのまま五十年が経過しました。現代かなづかいは、発音通りに字を書くと言いながらなぜ「ワタシワ」を「私は」と書くのか、といった素朴な疑問を小学生から尋ねられたこともあります。

話し言葉と書き言葉は所詮違うもの、話し言葉を直ちに文字に移して文章や詩歌ができると思うのは大間違いです。これらは大きな難しい問題で、あらためて考えることにしましょう。

句読点

歌のなかに空白や句読点を用いる方が増えているように思います。句読点は歌の表現に効果を与え得るのでしょうか。(千葉県　M・K　女性)

一首の歌の途中に句読点を打ったり、句や語の間を空けたりすることは、今に始まったことではなく、明治時代から行なわれていたことです。

・何となく、
今年はよい事あるごとし。
元日の朝、晴れて　風無し。　　石川啄木

石川啄木や土岐哀果は句読点を打ち、さらに一首を三行に分けて発表しました。その後釈迢空が大正期に次のような形で発表しました。

・葛の花　踏みしだかれて、色あたらし。この山道を行きし人あり。　釈　迢空

これらの試みはそれぞれの歌人がそれぞれに考えて行なっているものです。短歌の表記には規則はありません。作者の自由です。

・乱、変、役など呼びて死者を鎮めにき「大戦」などと慰まざらむ　成瀬　有『流離伝』

例えば「応仁の乱」「禁門の変」「弘安の役」など多くの死者を生んだ世の乱れを先人はこのように呼んで歴史にとどめた。しかし近代の「大戦」という味気ない表現はどうであろうか、と作者は疑い、嘆いているのです。

・逢わぬ日を責めて女は　水鳥が身震いをするように女は　吉川宏志『青蟬』

第二句と第三句の間が一字分空いています。読むと第二句と第五句がともに「女は」になっている。ということは女性の姿を表わすのにリフレイン（繰り返し）を使って強調していることがわかります。もし一字空きがなくて「女は水鳥が」と続けて読まれてしまうとおかしなことになります。ここはぜひ必要な一字空きということが言えます。

・台風の予報を聞きて幾つもの鉢取り込みぬ　胡蝶蘭、薔薇百合

初心の方の歌です。「取り込みぬ」の後に一字空きがあります。その後は花の名前ですから空けたい気持はわかります。が「ぬ」は終止形ですからここで切れることは明らかです。よってぜひとも空けなくてはならぬことはない。そして次の胡蝶蘭の後にはテンがありますが薔薇の後にはない。この不揃いは好ましくないので入れるならば両方に入れる、入れないならばどちらも入れないのが本来です。

要するに句読点を入れるのは、誤読をさけるため、作者の意図（意味、調べなど）をより正確に伝えたいということで付けられるようです。歌によりますが、句読点のために歌意が明らかになる例は確かにあります。しかしなかったからといってその歌に致命的な弱点が生じるというほどのことはなさそうです。

もう一つ、「万葉集」にせよ「古今集」にせよ、古典和歌にはほとんど句読点はありません。歌は古くは声によって伝えられていたものを、後世になって文字で紙に書くようになりました。現代の人は短歌は活字で紙に印刷される（あるいはメールで送られる）ことに何の疑いも抱かない人が大部分です。しかし、音声で伝達することを思えば、句読点や記号を入れたりしても無意味になることがあります。よって私自身は、歌に句読点を入れるのはよほど誤解誤読を招

きそうだという場合に限る、という程度の考えです。

ごとく、やうな

ある会で下の句が「鋼のごとき人の胸板」という歌を出しましたら、ある友人から「この『ごとき』がよくない」と指摘されました。いまどき「ごとき」や「やうな」を否定するのは時代錯誤だと思いますがいかがでしょうか。（千葉県　K・T　女性）

曖昧な点が二つあります。評者はそもそも「ごとき」を使う表現（比喩）を否定しているのか、それとも男の胸板を「鋼」に譬えた表現が不適切だと言っているのか、そこが曖昧です。前の場合ならば、あなたの言われるように、現代短歌は比喩なしには存在できないと言ってよいほど比喩は多く使われています。何十年か前、写生で育った歌人の中には島木赤彦の影響もあって、比喩を疎む傾向がありました。が、現在は比喩を否定したり疎んじたりする人はほとんどないと言ってよい状態です。

しかしもう一つの問題、つまり「鋼のごとき人の胸板」がどうか、比喩の「質」のほうがより重要だと私は考えます。

比喩と一口に言いますが、比喩には「ごとく」「やうな」と直接あるものにあるものを譬える直喩（明喩）、「ごとし」「やうに」を使わない隠喩（「沈黙は金」「愛の鞭」など）、柔道の有段者の「黒帯」など他のもので表わす提喩、ほかに換喩、諷喩など多くの種類があります。

短歌の上で注意したいことは、まず比喩は鮮度が肝心です。逆にいうと平凡な比喩、使い古された比喩は表現としては逆効果になりやすい。「林檎のような頰」「もみじのような手」など、誰も感心しません。さて先程の「鋼のごとき人の胸板」はどうでしょうか。

次に、歌によく見られる模倣（人真似）は軽蔑冷笑されるだけ。例えば「涙のごとき過去」「漂ふごとき眠り」「泥のような疲れ」など先人の用いた名作の一部を手前勝手に流用する歌を時折見かけます。こういう安易な態度は盗作の第一歩。許せないことです。

反対にまだ人の使っていない新鮮な比喩を求めて苦心惨憺する人も多く存在します。創作者が表現に苦労するのは当然で、よいことには違いありませんが、本来を忘れて珍しさとか意外性にばかり執着すると、思いつきゴッコのようなゲームに陥る恐れもあります。何のために歌を詠むのか、首を傾げてしまう例もないとは言えません。

最後に比喩のポイントとして、譬えるものと譬えられるものとの距離が重要という説があります。「盥の水かぶれるごとく俄雨激しく降れり身は濡れそぼつ」という歌の場合、盥の水も雨もともに同じ液体です。双方の距離が近いのは、わかりやすいけれどもさほど驚くには当りません。しかし「白百合の花びら蒼み昏れゆけば拾ひ残しし骨ある如し」（五島美代子）のように白百合の花が拾い残した骨のようだ、と言われると一瞬はっとします。骨と花とは普通は遠いものです。距離が重要という説の一例です。

結句　体言止め

体言止めを多用するのはなぜよくないのでしょうか。私の歌は体言止めに偏りがちで歌らしくないと非難され悩んでおります。（千葉県　K・S　女性）

この質問にはびっくりしました。体言止めがいけないなどと言う人がいるのですか？　体言止めにすると「歌らしくない」と言われるのですか？　どちらもいまどき珍しい暴論で、そういう暴論に従う必要はありません。むしろ有害です。一刻も早く縁を切ることをお勧めします。

さて短歌の創作の上には、何々してはいけない、という禁止条項はありません。もちろん公序良俗に反してはなりませんが、それは内容の問題であって創作方法とは別です。

そこでまず、体言止めがいけないという方はどういう止め方ならよいというのでしょうか。

止め方には動詞や形容詞、助動詞などの終止形で結ぶ止め方があります。
…谷川を越ゆ
…冬の日寂し
…われは思ひき
ほかには助詞もあり、間投詞もあります。
潮鳴り聞きて
股からですよ
体言止めを避けてこれらばかりになると、歌は狭く窮屈なものになってしまいますね。
反対に体言止めの名歌は数限りなくあります。二首だけあげておきます。

・憂《うれひ》なくわが日々はあれ紅梅の花すぎてよりふたたび冬木　佐藤佐太郎

・つゆしぐれ信濃は秋の姥捨のわれを置きさり過ぎしものたち　斎藤　史

一般的に言われていることですが、体言止めの歌の効果は、結句が引き締まって余韻を響かせる。リズムに緊張感ができる。などがあります。反対に注意点としては、例えば歌が終わらず中途半端な言いさしの印象を与える。類型に陥りやすい。などがあります。

要するに一首の歌が佳いかどうか、であって、それは体言止めが原因とは言えません。

ここからは推測ですが、あなたの詠まれた歌の出来そのものが不十分であった時、他の人から見れば体言止めが原因のように思われた、という程度のことではないのでしょうか。あなたの歌も不十分なら、それを読む人の鑑識眼も不十分であった、私にはそう思えてなりません。あなたまたそうでなければ、あなたのお詠みになった歌にたまたま体言止めが多く、それがおそらくなべて不出来であった、ということであって、体言止めに理由をかぶせるのは当たらないと思うのですがいかがでしょうか。

歌は広く、深いものです。理由づけを急がないこと。未熟な眼で勝手な規則を作らないこと。心を窮屈なところに追い込まないで、ひろく深い可能性に向かってゆったりと歩む、名歌はそこから生まれる、と私は信じております。

結句　着地

随分前のことですが、ある大会で宮地伸一先生にこの歌は着地が悪い、と叱られました。どういう事なのでしょうか。（富山　C・H　女性）

宮地伸一さんは平成二十三年四月十六日に亡くなられました。謹んでご冥福を祈ります。さて「着地が悪い」は宮地さんの発明？　された批評語で、一首の結句に文法上の疑問があったり、曖昧な表現があったりした場合に使われます。私もいろいろな会で同席した時に聞いたことがあります。

「着地」とは地面に着くこと、着陸のことですが、一般化したのは体操競技やスキーなどの実況や解説からで、それを宮地さんは短歌の結句に応用されたわけです。宮地さん自身の文章で説明します。

・ひざ掛けを少しなほして麻痺の児の車椅子押し日溜りに出づる

・向ひ家に人移り来て久々に灯ともれる窓幼《をさな》の声する

この他にも例はあがっていますが、この結句「日溜りに出づる」は「日溜りに出づ」とあるべきで、また「幼の声する」は「幼の声す」でよいわけです。「出づる」は動詞「出づ」の連体形。また「声する」は「声す」の連体形です。このように終止形にすればきっちり収まるものをわざわざ字余りにしてまで連体形にする例が非常に多い。

宮地さんは「こういうしまりのない結句を私は『着地病』と称している。動詞の終止形できちんと着地すればいいのになまぬるい連体形などで結ぶから、間がぬける」と書いておられます。連体形で止めても間違いではない。が、時には字余りにもなるし、いかにも間延びのした歌になるということです。

宮地さんは春日井建の批評の発言をも援用しています。

・アウトプットされゆく数字の瑞々と美しく見ゆる夜のオフィスに

「この歌の第四句『美しく見ゆる』を春日井さんは『美しく見ゆ』とするほうがいい、と発言されたが、至極同感だ」さらに「(この歌の作者は)『美しく見える』という口語に引かれて『見える』を『見ゆる』とやってしまったのであろう」と結んでいます。

ここにある「口語に引かれて」が重要です。一首をまとめるに当たって、作者の頭にはまず口語の「美しく見える」とか「日溜りに出る」「幼児の声がする」が浮かび、それを短歌らしく、文語的に整えようとして「美しく見ゆる」「日溜りに出づる」「幼の声する」としたのでしょう。つまりこれらの作者たちには文語動詞の活用変化などは念頭にないのです。短歌らしく文語らしく揃えようという程度の意識、そこで現象としては宮地さんのいう「着地病」が発症するわけです。

いま口語による短歌は大幅に増加し、口語だけの歌、口語文語混用の歌、それぞれ作品としても見るべき歌が次々に生まれてきています。が一方では、変わった切り口や思い付きで調子よく音数を揃えて短歌と称する、あやしげな形が氾濫しているのも事実です。そこから定型の崩壊や韻律性喪失、ひいては短歌の幼児化現象が広がって行く。着地病はその一例に過ぎません。

短歌の現状を憂うる宮地さんの思いは非常に深いものでした。この質問を機会に、宮地さんの遺志に添い、短歌の正格を見失わないよう努力したいものです。

結句　連体形・終止形

私は所属する結社の方針により旧かなづかいで歌を詠んでいますが、口語で表現したいときには新かなづかいの方がふさわしいのではないかと感じることもあります。いかがでしょうか。（東京都　Y・N　男性）

かなづかいの新旧と、口語・文語の選択とは別の問題です。文語系の歌は旧かな（歴史的かなづかい）で、口語系の歌は新かな（現代かなづかい）で表記するのが自然な形ですが、いまは文語・口語が入り交じって使われている時代ですから、それ以上のことは言えません。

かなづかいは作者の自由ですから、文語系の歌を新かなづかいで表記してもよいし、口語系の歌を旧かなづかいで表記しても一向に差し支えありません。

しかし同じ作者が第一首目は旧かなで、第二首目は新かなで発表する、というのは好ましくありません。かなづかいは作者自身として新か旧か、どちらかを決めて発表するのが原則です。一首の歌が、新と旧とどちらの表記が「ふさわしい」かは、人によって感じ方が違います。かなづかいは作者それぞれが決めることですが、内容によって左右されるものではありません。ただし歌の中に新語・流行語などを引用する場合に、新かなのほうが良いということはあり得ますが、それは特殊な例に過ぎません。なお、結社の方針には従うべきだと思います。これについては別の機会に記します。

短歌の終わりが連体形になっている歌を（係結びでなく）時々見ます。なぜ終止形となっていないのでしょうか。

①ふるさとの盆も今夜はすみぬらむあはれ様々に人は過ぎにし　土屋　文明
②苦しんで歌かいてそれが何になるなんにもならぬものありてよき　筏井　嘉一

（神奈川県　A・T　女性）

確かに①は過去の助動詞「き」の連体形、②は形容詞「よし」の連体形です。「人は過ぎにき」でも「ものありてよし」でも成り立つ歌です。作者が「過ぎにし」としたのは「過ぎたことであるよ」と詠嘆の意をこめたのだと思います。また「ありてよし」も「よし」と言い切るよりも「あってよいことなのだよ」と余情をもたせたかったのだと思われます。つまり歌の結句を連体形にするのは、詠嘆の心を表わしたり、言外に余情を響かせたいときに使われます。

これは古典和歌以来行なわれていることです。そしてまた「中世以降『し』は詠嘆・余情の表現でなく単に文の終止に用いられることがあった」とも古語辞典などには記されています。

以下は連体形で結んでいる古典の例。

・わが背子を大和へ遣るとさ夜深《ふ》けて暁露《あかときつゆ》にわれ立ち濡れし　大伯皇女「万葉集・巻二」

・吹く風の誘ふものとは知りながら散りぬる花のしひて恋しき　清原深養父「後撰集・巻二」

結句　連用形

先日、第五句が次のように結ばれている歌に出合いました。「…妻に先ず告げ」「…歩調を合わせ」「…事を成し遂げ」。何か中途半端な感じがします。新聞雑誌や歌集などに当たってみましたが同じ形は見つかりませんでした。どう考えればいいのでしょうか。（山梨県　T・A　女性）

歌全体がわからないので不十分な答になるかも知れません。ここに示された例を見るかぎりでは、動詞の連用形で終わっています。俳句や川柳ではしばしば見かけますが短歌では動詞の連用形で終わる歌はほとんど見られません。但し形容詞にはないとは言えません。

・身はすでに私《わたくし》ならずとおもひつつ涙おちたりまさに愛《かな》しく　中村憲吉

古川柳では「役人の子はにぎにぎをよく覚え」「居候三杯目にはそっと出し」などたやすく思い浮かびます。それで歌人の中には連用形で一首が終わる形を「川柳止め」と言って特に嫌う人もいます。

あなたが例にあげられたフレーズは、倒置（下から上に戻る形）の場合にはあり得るかも知れません。

「高らかに声あげ歩む先輩にわれらも歌う歩調をあわせ」など。つまり「歩調をあわせわれらも歌う」とあるはずのところを第四句と第五句を入れ替えた形です。

しかし実際はそうではなく、単に「先ず告ぐ」「歩調を合わす」「成し遂ぐ」とあるべきところをお洒落のつもりで連用形にしたという程度のことではないでしょうか。あなたの言われる通り、いかにも不安定で落ち着きません。作者は短歌の「形」についての考えが未熟で、終止形で言い切ることを避け、言いさしの形のほうが余韻をひくような錯覚を抱いたのではないでしょうか。要するに短歌の場合、連用形の結句で終わるのは好ましくない。それが私の見解です。

言い切るかたち、つまり終止形は古来よく使われることから平凡のように思われるかも知れませんが、これが短歌の基本形で、きっぱりとした美しい姿です。

もちろん時には（連作などの場合）結句が終止形の歌ばかり幾つも並ぶと、単調だと感じることもありましょう。そこではじめて他の形が考えられます。

終止形以外の結句でもっとも多いのが連体形、また連体形と同じ働きとして名詞で止める形（名詞止め）も非常に多く使われます。また最近は已然形、命令形の例も多く見られますが、それらについては別の機会にします。

・死に近き母に添寝のしんしんと遠田のかはづ天に聞ゆる（連体形）　斎藤茂吉

・死の御手へいとやすらかに身を捧ぐ心うるはし涙わく時（名詞止め）　山川登美子

今回はたまたま連用形による結句が話題となりましたが、いうまでもなく結句は一首の要にあたるもの、ぜひ慎重にお考え下さい。

助動詞　り

以前の相談室で、質問者は「り」が命令形につくはずはないと言い、先生も同意しておられますが、私の使っている辞書（『現代国語例解辞典』）には「り」は「四段活用の命令形・サ変の未然形」に接続となっています。辞書が間違っているのでしょうか。（京都府　Ａ・Ａ　男性）

辞書は間違っていません。現在は命令形と記す辞書が多くなっています。とくに「現代」と銘打たれているものには説明ぬきに「命令形」と書かれている例が多く、読者が迷われるのも無理はありません。しかしこの機会にできれば『古語辞典』の「り」の項目も見て頂きたいものです。なぜ命令形になったのか説明があるはずです。

以下それに添って少し説明を補います。辞書の表現はそれぞれ違いますが、現在助動詞「り」は「サ行変格活用の未然形、四段活用の命令形または已然形に接続する」と多くの辞書には書かれています。手元の辞書では「四段活用の已然形とサ変の未然形につく」と記した上で、上代特殊仮名遣いの研究成果として、奈良時代には「命令形につく」とするほうが正しいとするものが多い。しかし平安時代以降は命令形の用例はほとんど見えないので、現代では已然形と考えて差し支えない、とあります。これについて学問的な説明を加えるのは私の任ではありませんから、ここでは二〇〇三年に出た島内景二さんの『楽しみながら学ぶ作歌文法』の解説を借ります。

（「り」は）「四段活用動詞とサ行変格活用動詞のみに接続する。サ変には未然形接続、四段活用には已然形接続とされるのが普通だが、四段活用のほうは命令形接続と説明されることもある」ということです。

ところで遠い昔、私の受験生時代の記憶では「り」の接続は「サミシイり」と憶えよ、と教えられたものです。つまりサ行の未然形だからサミ、四段の已然形だからシイ、よって「サミシイり」となります。これはたいへん気に入って今も忘れません。しかしこれが命令形となって「サミシメり」となってはちょっとつらいなあ、やはり「り」はさみしいほうが懐かしさもあって味があると思います。でもそれはあくまで個人の感傷に過ぎないことかも知れません。

よって上代では命令形接続であったことを知った上で、現代の歌人としては島内先生の説かれるように「初心者は『已然形』か『命令形』かに迷うことなく、記憶しやすい『已然形接続』と覚えておけばよい」ということではないかと思います。なお『岩波古語辞典』には「り」

や「たり」の接続についてさらに詳細な説明がありますが、煩雑になりますのでここでは触れません。

助詞　ゆ・よ　を

「足摺よ遠く望めば黒潮のうねり流るる夏の日のもと」という友人の歌があります。この「よ」は「ゆ」の間違いではないでしょか。また「足摺岬」を勝手に「足摺」と省略してよいのでしょうか。（長野県　R・Y　女性）

まず「よ」ですが、間違いではありません。「よ」でよいのです。「よ」も「ゆ」も奈良時代に使われた格助詞で、動作・作用の起点や経由地、方法などを表わす、と辞書にも明記されています。現在の「より」と同じと考えてよいでしょう。

古い例では「古事記」歌謡に「狭井河《さゐがは》よ　雲立ちわたり　畝火山　木の葉騒《さや》ぎぬ　風吹かむとす」があります。狭井河のほうから雲がわきおこり、畝火山の木の葉がざわざわと騒がしい、風が吹こうとしているのだ、の意で、暗に危険を報せていると解されます。

明治以降「万葉集」に学ぼうという風潮が盛んとなり、それで「ゆ」が多用されるようになりました。一方「よ」を使う人は比較的少なかったようです。それでも窪田空穂や中村憲吉に次のような歌があります。

・かの見ゆる青山脈《あをやまなみ》は富士ケ根よ熔《や》けほとばしり流れ来《こ》し岩か　窪田空穂『泉のほとり』

・雨ぎりはくらきふもとよしらじらと樹に立つわれを吹きぬらし越ゆ　中村憲吉『軽雷集』

前の歌は「富士山から焼けほとばしり出た…」の意。また後の歌は「雨霧が暗い麓から…」の意で、どちらも「…から」と方向の起点を表わしています。

空穂は「ゆ」よりも「よ」を好んだようで次のような例もあります。

・赤埴《あかはに》の峰よ望めば磐梯の此面《このも》まさをく熊笹生ふる　窪田空穂『青水洋』

赤埴山は磐梯山の南東の山、空穂は磐梯山登頂後、足を延ばしてこの山にも登りました。

現代では「ゆ」も「よ」も少なくなっていますが、質問にもありますように「ゆ」のほうが一般化しています。

・遠妻《とほづま》ゆ電話来りぬ北京経由シルクロードのカシュガルといふ　宮柊二『純黄』

「遠妻ゆ」は「遠く旅先にいる妻から…」の意。

また「よ」は空穂の影響でしょうか、空穂系の歌人に多くの例が見られます。

・大空よ流れくる霧野をこめて朝《あした》ひえびえ肌に触れくる　原田清『武蔵野』

次に「足摺岬」の省略ですが、一般に非常に名高い地名で、多くの人が省略して使っている場合は差し支えないと思います。例えば富士山を富士、穂高岳を穂高という形です。

しかしこの「名高い」と言うのは曖昧で、その度合いは人によっても物事によっても基準が違います。字数を合わせるための無理な省略は控えたいし、歌ごとに判断するよりないと思います。

この歌の場合「足摺岬」と正しく言うほうがよいとは思いますが、全国的に知られている岬ですし、字余りを避けたい気持もわかります。許容範囲ではないでしょうか。

助詞　を

①夜のはてを君が代ひびき禽籠に鶍《いすか》の嘴《はし》のほのかに合へり　塚本邦雄
②旗は紅き小林《をばやし》なして移れども帰りてをゆかな病むものの辺に　岡井　隆

①の歌の「夜のはてを」の「を」がよくわかりません。「夜のはてに」ではいけないのでしょうか。②の「を」とはどう違うのですか。（千葉県　S・T　女性）

助詞「を」には格助詞としての「を」と、間投助詞としての「を」、接続助詞としての「を」

があります。

格助詞としての「を」は（1）本を読む、など「動作の対象」を示す場合、（2）橋を渡る、など「経過する場所や動作の起点を示す場合」、（3）三年を務める、など「持続する時間」を示す場合などがあります。

①夜のはてを君が代ひびき禽籠に鵤《いすか》の嘴《はし》のほのかに合へり　塚本邦雄『緑色研究』

「夜のはてを」は、夜の明ける頃、ということで、（3）の経過した時間、持続した時間を表わしています。小倉百人一首の「長々し夜を」の「を」と同じです。

・五十《いそ》とせを住み継ぎければ東京はふる里なるぞいざ帰りなむ　窪田空穂『冬木原』

戦時中長野県松本に疎開していた空穂が戦後帰京を決意した時の歌です。

・つまびらかならぬがかなし雪の夜を盲《めし》ひし母が語る明治期　斎藤　史『ひたくれなゐ』

右の「五十とせを」も「雪の夜を」も同じ「経過、持続する時間」を表わす「を」です。
はじめの①の歌「夜のはてを」を「夜のはてに」とすると、微妙に意味が違ってきます。この助詞「に」も時間を表わしますが「を」のように持続する時間ではなく、動作や作用のある限られた時を指定します。従って時間としては短い時間となります。斎藤史の「雪の夜を」も「雪の夜に」とすると、ある特定の夜になり、ニュアンスが違ってしまいます。つまり「に」

にすると歌の幅が狭くなり、説明に陥るおそれがあります。

②旗は紅き小林なして移れども帰りてをゆかな病むものの辺に

岡井　隆『土地よ、痛みを負え』

この「を」は間投助詞で、語勢や感情を強めたり、歌の調子を整えたりする働きがあります。この歌の場合「帰りてゆかな」でも定型にぴたりと収まっていますが、作者はあえて助詞「を」を入れて字あまりにしたのです。というのは作者には〈「旗」（デモ隊）とともに行きたい、しかし自分は医者だから患者の待つ病院へ帰らなくてはならない〉という屈折した心があります。そこでこの「を」の一語を加えて「帰ろう」という気持を切実に際立たせたのです。ですから「夜のはてを」の「を」とは性質が違います。

このほかに接続助詞としての「を」がありますが、質問の範囲を超えるので別の機会にします。

記号入りの歌

ある短歌の本を読んでいて「言葉ではない！！！！！！！！！！！！！！！！！！！！

！　ラン！」（加藤治郎）という歌を見てびっくりしました。こういうのも短歌なのでしょうか。そして歌に記号を入れてもいいのでしょうか。亡くなった私の師はテン・マルや「　」を入れることも許しませんでした。（宮崎県　N・K　女性）

原則を言えば、短歌の表記は作者の自由です。許す許さないの問題ではありません。言うとすればその記号が、歌にとってどうしても必要か、どのように働いているか、ということですが、それは作品評価の問題になりますからこれ以上は触れません。一般的なことだけ申します。

伝えられている日本の和歌には、もともと「　」も句読点もありませんでした。濁音さえもほとんどついていません。でも私たちの先祖はその形で読み、わかりあってきたのです。例外はありますが、これは明治のなかごろまで続けられてきたことです。

明治二十年代になって、欧米の書物の影響や、印刷術の普及とともに「　」や句読点が普及し、学校教育や新聞雑誌、書籍で「　」や句読点入りの表記がひろく行なわれるようになりました。

短歌では明治末から大正初年にかけて土岐哀果が英詩の表記にヒントを得てダーシやカンマを入れ、また釈迢空は大正時代から、独自の考えのもとに句読点を入れ、そして行に分けて歌を発表しはじめました。これに追随する人も多く出ました。また第二次大戦後、何ということなしに「　」などを短歌に使うことは常識化して今日に至っています。それでも私たちより上の世代には、なお「　」や句読点を入れることに難色を示す人もいます。「読む人が読めばわかる、読者を信頼せよ」という考えです。私自身は「　」を入れるのは必要最小限に止めています。煩わしくて鑑賞の妨げになるような気がするのです。

ご質問にあった加藤さんの作品は多くの話題を呼びました。これは考えに考えて生まれた歌らしく、例えば数えると文字数は「！」の数や一字アキも含めてきちんと三十一字になっています。この作品については読者一人一人の考えが違うと思いますが、繰り返して言えば、短歌の表記は作者の自由です。作者が信念をもって行なうことに何の問題もありません。

最後に、あえて私自身の考えを言えと言われれば、次の通りです。私は短歌はもとは、口から耳へ、耳から心へ、また時に眼から心へと伝えられ、受け継がれてきたものです。韻律性こそ、短歌にとって重要な要素だと思います。記号を入れた歌は眼で読むことを前提にしています。黙読だけが短歌享受の方法ではありません。声に出して伝達できないものがウタと言えるだろうか。という点で記号過多の歌にはいささか疑問を抱いております。

敬語入りの歌

数年間入院していた父が死にました。「見舞にはもう来なくてよいと言ひし父その真夜中に死にたまひけり」という歌を詠みましたら友人が今時短歌で敬語など使うのは時代遅れだ。とくに身内の人には使うべきではない。「孤り逝きたり」でよい、と言うのです。敬語は使わないほうがよいのでしょうか。（長崎県　K・S　女性）

短歌の用語は自由です。ある種の言葉を使ってはならぬという規定はありません。また時代遅れだから止せとか身内には使うななどという権利は誰にもありません。言うとすればあくまで詠まれた歌について、その用語が適切かどうかが問題です。あなたの歌の批評はいたしませんが、敬語を使うのが悪いとは言えません。

敬語と一口に言っても内容はさまざまです。尊敬語、謙譲語、美化語そしてそれぞれの表現によってニュアンスは変ってきます。とくに文語系の表現は微妙な感情の違いまで言えます。が、話が複雑になりますので深入りはしません。

友人が敬語に疑問をもつのはていねいな表現をよしとするある女性たちの歌に二重敬語など

過剰な敬語表現を読んだ苦い経験があるのではないでしょうか。また結社によっては敬語排撃の指導をするところもあると聞いたことがありますが、それに囚われる必要はありません。

敬語を歌に入れるな、という意見の背景には、現在の私たちの日常生活の中で敬語の誤用が多いということも一因としてあるかも知れません。テレビなどにはしばしば眉をひそめる言い方が登場します。「おとうさんに誉めて頂きました」「息子の入学祝いにプレゼントをさしあげました」…これらはテレビコマーシャルの影響かも知れません。

敬語を使う使わないは作者の心の問題です。作者が実作の上で、ぜひとも敬語を使いたい、と心から思えば堂々と使えばよいのです。

反対に亡くなった人に少しは敬意を表しておかなくては、などと思って前後の脈絡なく敬語を使う、というのはあまり褒めたことではありません。

次の歌は恩師春日井建を悼む歌で、作者の真情からほとばしり出たもの、ごく自然な調べとともに敬語が生きて働いています。

・みいのちの際《きは》に想はす色ふかみわがスカーフの紫言ひます　水原紫苑

次に母を思う歌。「来ませ」がやさしい。

・私の残り時間を捧ぐべし母よしづかに傍へに来ませ　稲葉京子

ともあれ、歌は言葉だけではありません。言葉の範囲を限るよりもっとたいせつなものがある。身のうちから出たまことの心がものをいうのです。

地名入りの歌

旅の歌を詠む時に、その土地の名を入れるかどうか迷うことがあります。特に外国の名は長くて一首に収まらないことがあります。しかし地名を入れないとどこのことかわからない歌になります。どう考えたらよいでしょうか。（長野県　U・T　女性）

地名といってもさまざま、入れたほうがよい場合、入れなくてもよい場合、その歌によって可否は異なります。地名の入っている歌、入っていない歌、どちらでもない歌、その三つの例を見ることにします。

まず地名には歌枕という言葉があるように、歴史や文化を背負った由緒ある地名があります。歌枕でなくても、地名の文字や響きに詩情を感じるものがあります。これは国内、海外おなじことです。

①ななかまどの朱実たりたる並木みちモンブランより光およばん　　佐藤佐太郎『冬木』

②山の湯に夏逝かんとし昼を啼くしいしいしい蟬の多からぬ声　　宮　柊二『晩夏』

①はフランス・イタリア国境に聳えるアルプスの名峰の名が入っています。モンブランと名を聞いただけで身震いするほどの親しみや憧れをもつ人は多いはずです。

一方②は法師温泉での歌ですが、その名は入っていません。が「法師温泉」というタイトルのもとに詠まれた一連の中の一首です。この①のように、地名を歌の中に詠み込むこともあれば、②のように歌の中に詠み込まなくてもタイトルによって理解できる例もあります。このほか次のように歌の前後に註として地名を置くこともあります。

③たたなはる春山の上に現れぬ雪にましろき大いなる富士（龍王）　　窪田空穂『丘陵地』

松本市内の城山公園に空穂の歌碑が建った時の作。富士山は国内いろいろな所から見ることができます。それだけに作者の位置がどこか、念のために明示したと言えます。

次に地名の扱い方ですが、特別のルールがあるわけではありません。地名のもつニュアンスが生きるように詠み込むのが肝要です。必ず入れなくてはならないというものではありません。タイトルで一括できることもあれば、前後の関係で自然に察しられる場合もあります。とりわけ外国の地名にはカタカナで長く表記しなくてはならない場合もあります。その時は③のような註で補えばよいはずです。記念写真ではないのですから、ことさら説明のために入れる必要はありません。地名も一つの言葉です。一首の中に無理なく収まり、地名としての美しさや奥行が感じられるように詠んでいただきたいものです。

なお戦前は外国の地名や国名を漢字で書く慣例がありました。ポルトガルを葡萄牙、サンフランシスコを桑港などです。確かに文字数は少なくなりますが、やや古風な感じも受けますね。

人名入りの歌

歌に特定の人名を入れるのに疑問をもっています。ユトリロの絵に感動したから「ユトリロの」とか、辻井伸行のピアノが佳かったから「辻井の」とか。それが歌にとって効果的なのでしょうか。見ず知らずの個人の名前を突き付けられてどうだと言われても当惑するばかりです。（広島県　Y・Y　男性）

一口に人名といっても、著名な人、無名な人、さまざまです。名前を入れることの是非よりも歌の内容、手早く言えば、人名の入れ方や使い方が問題です。

歌に人名を入れることは何も最近始まったことではなく、古典和歌の時代から行なわれていたことです。明治以後でも次のような例があります。

・そぞろあるき煙草くゆらすつかのまも哀しからずや若きラムボオ　　北原白秋『桐の花』

・民掠《かす》むることを為得《しえ》ざる守《かみ》憶良みぞれ降る夜の病む足思ほゆ　　土屋文明『続々青南集』

白秋の歌は明治時代に詠まれた歌です。この当時詩人「ラムボオ」を知っている日本人が何人いたでしょうか。でも人が知っているかどうかが問題ではなく、「ラムボオ」という詩人の名から感じられる言葉の響きが肝心です。また煙草は今でこそ好悪が分かれていますが、当時は舶来の葉巻などをくゆらすのは一つのオシャレでもありました。必要なのは詠まれている人の知名度ではなく、その語を含む歌から得られる感覚や感動です。憶良の歌もその経歴や思想が問題ではなく一首から読者が何を感じるかが大切。

試みに「ラムボオ」のところが「若き詩人は」などであったら歌は成り立ちません。「憶良」も「国の守」など一般名詞であったら曖昧な歌になります。人名や地名などの固有名詞には、それぞれの負っているイメージがあります。この場合は効果的に使われていると言ってよいと思います。「ラムボオ」と言われても何も感じない人もいる反面、新時代の詩人として強い刺激を得る人もいます。また作者はすべての読者がわかる歌を詠まねばならぬ義務はありません。作者の信頼する読者の理解を得れば十分です。ここにあげた「ラムボオ」や「憶良」はある程度の文学的素養または常識があれば、それぞれに感じてもらえるはずです。

しかしどんな人名でもよいかというと、そこは慎重に考えたいところ。作者の孫や子らの名を唐突に読み込んだりすると、当然一人よがりの低調な歌に陥ります。そういう歌は日記に書いておけばよい。難しいのは右に記した「ある程度の文学的素養または常識」です。「ユトリロ」は知っているが「辻井伸行って誰?」という疑問は出るかも知れません。しかしそれに作者がコメントする必要はなく、また読者も知らないから鑑賞や批評ができない、と悩んだり怒ったりするのは愚かなことです。知らなければ調べればよい。黙殺してもよい。創作は作者の自由、鑑賞批評も読者の自由です。

孫の歌

・水の上を滑るがごとく鍵盤に躍るその指美香は三歳

この歌をある歌会に提出したところ「『美香は三歳』などと結句に孫の名と年齢とを入れて誇らしげに収める歌は好ましくない」と先輩に叱られました。結句に孫の名や年齢を置くのはいけないのですか。(岩手県　K・A　女性)

短歌を詠むにあたって、何をしてはならない、などという禁止事項はありません。盗作や剽窃でない限りどんな歌を詠んでもいいのです。先輩が言われたのは、この形（結句に「名前と何歳」と入れる形）は過去に何百首とあり、類型の見本と言ってもよいくらいに使われている。だからそういうパターンに安直にのるな、と戒められたのだと思います。これは孫の歌に限りません。この形は老人を詠んだ歌にも数多く見られます。かりに、はじめの歌の結句を「母九十歳」としてみてください。これでも通じる歌になりますね。これが孫歌、敬老歌のお決まりパターンの一つです。

しかしだいじなのは、結句以外のところです。お孫さんのピアノを弾く様子を「水の上を滑る」ようだと言っておられます。これもよくある表現で、驚くにはあたりませんが、その次がよくない。「鍵盤に躍る」とあります。折角奏者の指が水の上を滑るようだと美しく言ったのに、さらに重ねて「鍵盤に躍る」と言う。滑るという比喩的表現と、指が躍るという比喩とも写生ともつかぬ表現が重なって出てきます。読者はどちらのイメージで読めばよいのか迷ってしまいます。歌全体の筋が通っていないことは明らかです。

ですからこの歌は、まず「美香は三歳」が通俗的類型の一つだというのが欠点の一、次に指の描写があいまいで読者のイメージが混乱する。これが欠点の第二です。

対策として、まず年齢を安易に歌の中に持ちこまないことが一つ。決していけないことはないのですが、短歌を多く読んでいる人ならば、心の中で「ああまたこの形か？」とがっかりするはずです。幼児だけでなく老人相手の歌も同様です。年齢を詠み込みたいということは多くの場合ささやかな自慢がしたいというところに発することが多く、初心者の形としては憎めないところではありますが、文芸としての短歌の質の上では一考しなくてはなりません。

孫の歌や老人の歌の多くがつまらないという声はしばしば聞かれます。なぜでしょうか。簡単に言ってしまえば対象の捉え方が甘いからです。

要するに歌は結句に「誰それ三歳」と詠まれているかどうかで左右されるものではありません。そのパターンを乗り越える工夫はもちろん必要ですが、それ以上に歌全体をよく読み、一首としての調べを整える、それが肝要です。

専門用語

短歌初心者で日常詠を日記代わりに作っています。仕事がら専門用語も多く、また同世代にしか通用しない俗語や省略語などを使用するため、年配の方から意味が解らないと言われることがあります。なるべく独りよがりにならないように心がけていますが。（東京

都　R・T　女性）

お尋ねには幾つかの問題が含まれています。まず専門用語を歌に詠み込むことは差し支えありません。内容によっては読者の範囲が狭くなることもありますが、それは当然のことで歌の本質に関わりはありません。専門用語でなくても、特殊な語で必要があれば次のように、歌の後に「注」をつける方法もあります。

・原発のＥＣＣＳ働かず聞きて疑ふテレビも耳も　三木計男
（ＥＣＣＳ：非常用炉心冷却装置）

・散る花のおおいつくせる池の面のほとりに八十場《やそば》のところてん食う　玉井清弘
（八十場は崇徳上皇のゆかりの地）

次に俗語や省略語ですが、語の選択は作者の自由ですから何を使ってもよい。とはいうものの、これらの中には日本語として定着していない語も多く含まれます。語の使い方によっては作品の品位を落とす結果になるおそれがあります。しかし日本語として定着云々と言っても、言葉は時々刻々変化しているものですから三年前までは軽薄な流行語だった言葉が、たちまち普及し、一般化することも再々あります。例えば携帯電話を「ケイタイ」と詠むことは何年か前は本来の意味と違うと咎められたものです。しかしその後の急速な普及により「ケイタイ」

は普通の日本語（省略語）になってしまいました。新しい言葉を安易に使うのは危険ではありますが、世相や言葉の変化をとらえるという効用もあります。結局、詠まれた歌そのものについて考えるべきで、作品以前のところで言葉の良し悪しを言うのは早計に過ぎます。

年配の方から意味が解らないと言われても気にする必要はありません。短歌は伝達や報道を目的とするものではありませんから、解らないという読者がいて当然なのです。しかしあなたは日記代わりに歌を詠んでおられると言いながら、他人の理解を求めている。日記は本来自分のためのものではありませんか。読者を意識して歌を詠むことは決して悪いことではありません。しかしわかってもらおうと思うあまり、読者に媚びるような歌を詠むのは邪道です。大事なのはあなたの心。あなたの心が納得するような歌を詠む、それが肝心です。

季節に合わせる？

季節と作品についてお訊ねします。作品は季節に合ったものを提出するよう心がけておりますが、私の社では編集部の都合で二カ月以上前に原稿を送る規定になっています。そうすると四月号の歌は一月中に送らなくてはなりません。とするとつくりごとの歌になっ

てしまうと思うのですがいかがでしょうか。（北海道　Ｉ・Ｔ　男性）

まず幾つか、あなたには思い過ごしがあるようです。あなたの所属結社の規定は存じませんので触れません。一般的なことを申します。

まず短歌作品は何も掲載月に合わせる必要はありません。もちろん表紙の写真や絵画は、季節に合ったものが求められることはありましょうが、多くの人が発表する短歌作品に同じ季節を要求するのはそもそも無理な話。季節に合った作品を載せたいというのはあくまであなた個人のお考えで他の人には及びません。

雑誌というものは、所属する会員の作品発表の「場」であって、何を発表しようと、それは作者の自由です。季節を詠んでもよいし、人間を詠もうと社会を詠もうと原則として作者の自由です。もし編集部が季節に合った歌を出せというならば、それは何か企画があるのではないでしょうか。そうでなければ編集部の言い過ぎです。普通は一月号に夏の海浜を詠んでもよいし、八月号にお正月の歌が出ても一向に差し支えはありません。もちろんなるべく合うほうがよいことは確かですが、制約される必要はまったくありません。

そしてもう一つあなたの思い過ごしを申します。例えば一月号に桜が満開という歌を発表しても、その歌が直ちに「つくりごとの歌」とは言えません。

短歌は創作です。事実そのままを詠むことはもちろん結構ですが、事実でないこと、事実とは違うことを詠んでも構わないのです。むしろ実際はそのほうが多いかも知れません。

創作力のある人なら、過去のさまざまな新年体験を思い出し、それを基礎において新しい新年の歌を詠むこともあります。名歌の多くはそのようにして生まれています。反対に事実そのままを詠むのは実に難しいことです。事実に拘り過ぎると却って歌ができにくくなることもあります。よって「つくりごと」が決していけないとは言えません。問題は出来上がった歌がどうかということ。そこに不自然があればやっぱり「つくりごと」だと蔑され、逆に佳ければ事実以上の迫力を生み出したということになります。

また、あなたがある冬に強烈な衝撃を体験したとして、それが心の大きな部分を長く占めているとすれば、それを春でも夏でも、何ヵ月にもわたって発表し続けてよいのです。季節はずれていても良い。それが常識です。

繰り返しますが、短歌では、また文芸では、何より作品が第一です。季節や発行月は二の次です。季節に合わせよう、などとお考えになる必要はありません。

Ⅲ　歌を深める

批評を疑え

歌誌でも歌会でも「説明だ」「説明的だ」との歌評がよくありますが、どういう場合に説明的になるのかいま一つ判りかねています。例歌を挙げてお教えください。（埼玉県M・H　女性）

「説明的」については第92ページをご覧下さい。ここではそれに先立つ問題として批評する人や批評される人について記します。

「説明的」という批評は発言する人それぞれによって内容やニュアンスが違います。深い考察を重ねて得られた「説明的」と、先輩の口真似で言う人、また時にはカンによって「説明的」と言い放つ人もいます。

このことに限らず、短歌の世界で使われている批評用語には実にあいまいなものが多い。「通俗的」「独善的」「古くさい」「新しがり」みな同様です。どれをとっても共通の概念規定なく使われています。しかしまたそれでよい、それでこそ文芸なのだ、という考えもあります。ですから私は言いたいのです。「批評を鵜呑みにするな」それが第一。

作者が全幅の信頼をおいている人の発言なら耳を傾け、さらにわからなければ直接質問を重ねればよい。それが本来です。そうではなくて、深く知らない人、例えば歌会で出会った一人とか古い友達、結社の先輩、通信教育の先生、などいろいろ発言者はいると思いますが、それにいちいちこだわって右顧左眄《うこさべん》していたのでは決してあなたの歌はよくなりません。

批評されたらまずその批評者の顔を見よ、と言いたいのです。まず批評者の質を見る。批評を疑え。それが批評を受ける人に必要な心構えです。私は初心者だ、せっかく親切に言ってくれたのだから少しは考えなくっちゃ、などと思う必要はありません。世間のお付き合いとは違うのです。人間関係は二の次でよい。

短歌は「覚悟」の上に立つ文芸です。あなた自身が自分をしっかり保つことが第一、その上に立って聞くべき批評なら聞けばよい。その人が作歌経験ゆたかな人で信頼できる、とあなたが思えば考慮すべきでしょう。相互信頼のないところに批評は成立しません。無責任な批評(これが実に多い、もちろん相手は真剣に批評しているつもりなのですよ)に振り回されるのはマイナスです。自分が腑に落ちない批評はいさぎよく切り捨てましょう。信ずる人の意見以外は聞き流せばよい。よって「批評は聞くべし、無視すべし」。

理屈とは

歌の中に理屈を持ち込むなと言われました。自分では理屈を言っているつもりはないのですが、どういうことなのでしょうか。（群馬県　Y・K　女性）

歌の実例がないので答えにくいのですが、手元にある投稿歌から二つの場合を考えてみます。

まずまともに理論や意見を短歌で言おうとする歌。例えば

・生活になお追い打ちをかけるのか消費増税許してならず

これは消費税増税に対する反対意見の表明で、歌としては未熟であることは誰でもわかりましょう。こういう形では原発反対でも憲法改正論でも同じです。意見表明がいけないのではなく、こういう浅い表現では読者は何も感じないということです。心すべきことは、短歌は本来人の心・感情を述べる詩（抒情詩）だということ。つまり感情ではない事柄やある事に対する意見をいうには適さない詩型だということです。消費税を上げると国民の生活に負担がかかる。それを言うならばもっと多くの言葉で論理的に正確に述べるべきです。この小さな詩型で舌足らずな言葉を連ねてもほとんど効果はありません。それでも言わずにいられないのなら、表現

する前に、方法や形を考える必要があります。

第二は表現の仕方です。

・川べりを行けばかそけきせせらぎが遅れし春の歌奏でをり

季節の変わり目にはこういう歌が多く見られます。昔の人も「春来たるらし」「春は来にけり」などさまざまに詠んでいます。しかし私にはこの歌は採れません。

作者は「かそけきせせらぎ」が「遅い春の歌」を奏でている、と決めて詠んでいます。こういう自分の勝手な理由を押し通して詠むのを「理」に落ちる、と言います。なぜ「遅れし春の歌」と言えるのか、心の中に春が遅いという意識が予めあり、それを先立てて詠んでいるからです。

・父の遺訓に背くは辛きことながら墓石はやはり御影としたり

父が生前に墓は簡略にせよと言い残したのでしょうか。しかし子は気が済まなくて高価な御影石を選んだと言うのです。事実はわかりますが、歌としては作者の弁解と結果を述べただけのことです。

右の二首、ともに「理屈」を述べている歌で感心できません。

しかし、実際の生活の上では、どうしても「理」を含めて詠みたくなることがあります。その時は歌の良し悪しはさておいて、まず表現することをお勧めします。詠みたいことを無理に抑えるよりも、詠まずにいられない思いを形にするのが先決です。歌の評価は二の次、自分の心に素直であること。それが「理」であるのないのというよりも、たいせつなことです。念のため。

「説明的」とは

歌会で何かにつけて「説明的だ」と非難されるのですが、何が説明なのかわかりません。次の歌も「説明的」ですか?

・地球儀を回して探す子の任地緊迫つづく遠きアブダビ

（群馬県　T・K　女性）

アブダビはアラブ首長国連邦の構成国（都市）の一つ。石油の産地として著名。息子さんは重要な任務を負って現地におられるのでしょう。さて歌はどうか。なるほど確かに「説明的」と言われる歌だと思います。

「説明的」と言う批評は人それぞれでニュアンスが違います。定義はありません。わかりやすい例を二つだけ挙げます。

①まず歌全体が事実や現象を伝えているだけのもの。短歌は伝達や報告をするものではありません。作者の心の動き、つまり感情を表現するものです。あなたの歌は伝達や報告の域を出ていません。

アブダビが日本から遠いこと、そして緊迫した国際情勢のただなかにあることなど、テレビや新聞で誰でも知っていることです。それを歌で繰り返すのはまさに「無駄な説明」です。そしてまた「地球儀を回す」のはアブダビがどこかを「探して」いるわけですね。ですから「探す」は「地球儀を回す」行為の「説明」をしていることになります。この歌は「今私は、子の任地であるアブダビはどこか知るために、地球儀を回しています。アブダビは日本から遠いところで、緊迫した情勢の中にある都市です」という散文を三十一音にまとめただけのこと。あなたの心持ちが十分に出ているとは言えません。「説明的」と言われるのは当然です。

②次に作者の感情の結論を言葉で述べている歌も「説明的」と言われます。例えば

・帰国する子を迎えんと大輪のばらを活けたり心は和む

のような歌。結句の「心は和む」が説明で、不要な表現です。「大輪のばら」を活けていることで心をこめて子を迎えようとしている親の気持ちは十分に出ています。それを殊更に「心は

和む」というのは自分の感情をいわば「ダメ押し」していること、または「押しつけ」ていることになります。もう一首挙げてみましょう。

・幾度も同じ話をする母に相づち打ちつつわれは苛立つ

　母を介護する日々なのでしょう。これも自分の日常の説明にとどまっています。作者が苛々しているのはわかります。がそこで「われは苛立つ」と言ってしまえば歌は終わり。例えば相づちを打ちながら、あなたはどんな表情でしたか。顔はにこにこしていたのではありませんか。その逆でもいい、その心と顔との差（感情のゆらぎ）を言葉にして、作者の本音を読者に推察させる、それが歌なのです。

　いろいろな入門書に「結句で総括するな」とか「言いさしでよい」などと書いてあるのは、みなこの感情の押しつけ、ダメ押しを戒めているのです。この「心は和む」「われは苛立つ」「悲しさつのる」「嘆きはつきず」といった言い方になりそうな時は、ぐっと怺えて心の中で（感情を言葉で簡単に言うな！）と立ち止まって下さい。それが身につくと、あなたの歌はみだりに「説明的だ」などと言われなくなるはずです。

余韻とは？

私の歌について「事柄だけだ、余韻がない」と何度も批評されます。これまでは「客観的に詠め、描写が第一」と教えられ、かなりその線の歌を詠んできたつもりですが、ここで「余韻がない」と言われてもどうしてよいのかわかりません。どうしたら余韻のある歌になるのでしょうか。（長野県　S・T　女性）

これは答えにくい質問です。実際の歌を見ないと何とも言えません。というのは余韻は眼に見えるものではありませんし、人によって感じ方は違います。ですから余韻があるのないのという議論はすれ違いに終わりそうな気がします。

「余韻」は辞書によれば「音の消えたあとまでも残る響き、『余音』とも書く。転じて、事が終ったあとも残る風情や味わい。また詩文などで言葉に表されていない趣。余情。」とあります。短歌の批評ではこの後の意味となりましょう。一首を読んだ後、からだの中にじーんと沁みてくる情感、それが余韻だと思います。

・松かぜのつたふる音を聞きしかどその源はいづこなるべき　　斎藤茂吉

・夏の月すずしく照れりわれは聞く云はぬこころの限りなき声　窪田空穂

人によって違うとは思いますが、先人の歌で余韻が美しく響く歌として、つねに私の心にある歌から二首をあげておきます。

この欄は添削指導の場ではありませんが、質問者が折角書いて下さったのでその歌を読み直してみます。読者と一緒に考えましょう。「レイテ島に果てたる亡父らの学びたる相武台近し眼《まなこ》を凝《こ》らす」

父上は陸軍士官学校のご出身だったのですね。レイテ島で戦死されたのでしょうか。その士官学校のあった神奈川県の相武台の近くを車で走っているのです。

事実のおおよそはわかりますが、ここで体にじーんと感じる情感がありますか。この一首、作者の感の中心は何でしょう。相武台はこのあたりだったはず、その記憶を頼りに窓外の景色を見ているのです。亡き父の学んだところですから、その感慨は分かります。しかしこれは遠くから見てどこだろうと「眼を凝ら」している段階の歌です。読者は「ああそうですか」と理解はしますが格別迫るものはありません。しかし「眼を凝らす」の背後には何かがあるはずです。察して言えば「士官学校のあった相武台、そこに父が命をかけた青春があった、そこに今私は近づいている」ということではないでしょうか。また上の句、長すぎると思いませんか。

レイテ島で戦死されたのは厳粛な事実ですが、それは「亡父ら」の説明のための言葉に止まっています。もっと簡潔に言いたい。「亡父ら」と複数にする必要もありません。父への思いに絞りこむほうが焦点が定まります。

要するに読者にわからせるよりも自分の感動の中心は何か、そこへ立ち返って考え直すこと。余韻は、その歌がしっかりしていれば、後から自然に漂ってくるものです。

旅の歌

私の人生にとっては、旅行が大きな比重を占めているのですが、歌会では旅行詠はなかなか賛成して貰えません。自分の感動を表現する力が足りないのか、そもそも旅行詠そのものの限界なのでしょうか。自分では旅日記より上のものをめざしているつもりなのですが。（京都府　Y・K　女性）

失礼ながらまずあなたは大きな勘違いをしておられます。短歌の素材はすべて平等です。旅の歌だから劣るとか、恋の歌だから佳いなどということは決してありません。対象に上下優劣はないのです。その限りでは、あなたが自分で言われる通り「感動を表現する力が足りない」

ということに尽きるのではないかと私は思います。「旅日記より上」などと考えるのも間違い。すぐれた旅日記は無数にあります。質が違うのです。

さらにまた「旅行詠」という捉え方にも問題ありです。世間で「旅行詠」とか「日常詠」などというのはあくまで便宜上、外見上の分類法で正確な根拠はありません。

旅先で詠んだ歌でも人生の深奥に触れる歌もありますし、人としての深い悲しみを湛えた歌もあります。旅行詠の限界などという考え方は根本的に間違いです。たまたまあなたの身辺で、旅から得られた歌に凡作が多かったということではないでしょうか。旅のせいではありません。

ご参考までに言い添えます。まず「旅」とは何か、考えてみてください。例えば「万葉集」にある防人の歌などを読めば、当時は旅に出ることは生命の危険を伴うことでした。無事に家に帰れるかどうか不安に満ちた「命がけ」のことでした。が、現代の旅にはそういう緊張感はまずありません。人によって違うと思いますが、交通機関も発達し、途中の安全は保障されています。旅の質そのものが歴史とともに変化しています。昔に比べれば比較にならぬほど安直なのが現在の旅です。甘い呑気な歌が多くなるのも無理からぬことです。

初心の方の旅の歌は新しい土地への憧れや喜びが先に立って、ともすると「行きました」「見てきました」ということに終始し、その土地の深い味わいや、心の奥底に響くはずの思いが言葉にならずに終わる歌がままあります。

一つのヒントですが、これまであなたが佳いと思った旅の歌を幾つでも書き写して、貶された自分の歌とどう違うか、じっくり考えてみてはいかがですか。

次に、旅に出たら「歌を詠もう」と急がずに、旅先で自分が感じたことをこまめにメモしてください。地名や場所だけでなく、日頃は感じなかった自分の感情を確かめる。そこを整理してからはじめて歌の形を考えればいいのです。

観光ガイドの写しにならぬよう、また人に誉められよう、わかってもらおうなどという物欲しげな態度は捨てること。何よりもあなたの旅です。あなたの心が第一。人の意見を気にする必要はありません。

挨拶の歌

遠い所に住む友人から立派な葡萄を頂きました。美味しかったのでお礼に歌を詠んで送りました。友人はすごく喜んだのですが、その歌を歌会に出したところ、こんなご挨拶は短歌ではない！　と散々に貶されました。お礼の歌など現代短歌ではいけないのでしょう

か。（滋賀県　T・A　女性）

挨拶や贈答の歌がいけないなどという決まりはまったくありません。和歌でも俳諧でも古くから挨拶の歌や句は、芭蕉の例をひくまでもなく、存在意義をもって伝えられてきました。

ご質問について幾つか注意点を申します。まず歌の出来栄えが第一。あなたの歌を離れて一般的に言えば、まずい歌はどんなに葡萄が美味しくても第三者（読者）の冷笑を買うだけです（孫メロメロの歌に似ています）。贈答の歌には相手があります。極論すれば不特定多数の読者には読ませなくてもよいのです。相手が喜べばまずまず当座の目的は達せられるのですから。

しかしあなたは、その歌を歌会で発表なさった。それが疑問です。特定の人にあてた歌を不特定多数の眼に晒す場合、余程の傑作でない限り不評を買うのは当然です。

作品の発表には、まず時と場と読者を考慮に入れることが肝要です。窪田空穂や斎藤茂吉は多くの挨拶歌を詠んでいますが、それらは鑑賞に堪えられるだけの時や場への配慮があることを見落としてはなりません。

逆に言えば、挨拶や贈答の歌の利点は、明確な読者の存在です。もともと和歌は愛する人への思いを、声や文字で伝えるところから出発しました。そこから人と人との関係がゆたかなものになり、生きるよろこび（また時には悲しみ）が生まれました。人と人との心がつながり、やがては物や行為とともに理解されてゆくわけです。

人間として歌を詠むからには、いろんな歌があってよい。伝えたい相手あっての歌です。ですから贈答の歌や挨拶の歌や句を軽蔑するいわれはまったくないのです。

だが、近代短歌、また現代短歌は、この二百年足らずの間に文学・文芸、自我・個性などという意識を強く抱くようになりました。作品の評価基準を文学性とか文芸性、詩性・韻律性などに多く求めるようになり、今に続いています。よって一時は生真面目・誠実な作品をよしとし、遊びとか楽しみという要素を排する傾向さえありました。つまり文学性・詩性ばかりに拘っていると、短歌は堅苦しく、眠たいものになりそうです。かといって笑いや楽しみ、新に走り奇を衒う方にばかり囚われると、今のテレビ番組のように軽薄下品に陥るおそれがあります。その兼ね合いが実に難しいところです。

贈答や挨拶の歌であっても文芸性を保ち、特定の相手以外の読者にも鑑賞されて恥じないような、創造性をもった新時代の挨拶歌、第三者も頷ける贈答歌。その出現が待たれます。

誤解されたら

所属する結社誌で私の歌が批評されていました。私は恋の歌を作ったつもりでしたが、これは葬送の歌だと見当違いの評価を受けて驚いてしまいました。そこで反論を投稿したいのですが、作者が自ら反論を書くということはおかしいのでしょうか。（高知県　H・Y　女性）

作品そのものがわからないので答えにくいのですがわかる範囲で記します。恋の歌が葬送の歌ととられたとはお気の毒でした。でも考え方によっては、歌の幅がそれだけ広いということかも知れません。それはさておき、お答えします。

①自作について反論を書くのは決しておかしいことではありません。しかしその内容と書き方が問題です。「あの歌は恋の歌で、あなたは読み違いをしています」という程度の反論ならむしろ書かないほうがよい。軽蔑されるだけです。

②作品は、公に発表された以上は読者のものです。読者はどのように解釈してもいいのです。人の顔と同じように、読者は一人一人違います。作者の意図に近い理解をする人もあれば、か

け離れた解釈をする人もいます。あなたの発信する電波をより正確に捉えるアンテナもあれば、捉えきれない感度の悪いアンテナもあります。それよりも、作品は自分の意図通りにわかってもらえる（人が多い）と思うあなたがまず幼い。世の中、鑑識力ゆたかな読者はそれほど多くはいません。程度にもよりますが、作品への誤解は、まず日常茶飯事といってよいでしょう。
③見当違いの誤解に対してどうするか。簡単です。無視すればよい。その人一人に反論しても、あなたの作品への無理解は消えるものではありません。それよりもここで、あなたの表現自体も反省する余地はありませんか。誤解を生みやすい表現はなかったか。反論するのはそれからでも遅くはない。その反論は単に自作の解釈だけではなく、作品の鑑賞や批評はどうあるべきか。あなたの作品をもとに、正しい鑑賞や批評について考え直す、そういう方向をもった反論であってほしいと思います。小さな自尊心に拘るよりもひろく文芸、短歌という場にご自身を置いて考えて頂きたいものです。
④要するに、誤解は作品にはつきものであること。よって誤解を恐れる必要はないこと。これを機会に、誤解を生まないように表現を吟味すること。さらには鑑賞や批評について考え直すこと。

人によって意見はさまざまだと思いますが、誤解に対する私の考えは右の通りです。

弁解とコメント

歌会での事です。私の歌について何人もの人が批評してくれるのですが、あまりにも事実と違う解釈をされるので、手を挙げて「実は…」と言おうとしたところ「作者は弁解するな!」と一喝されました。弁解ではなく事実をコメントしたかったのですがいけないことでしょうか。(岡山県　R・T　女性)

話題となっている歌にもよりますし、構成メンバーにもよります。しかし文芸としての短歌を批評する場では、作者は発言しないのが原則です。いったん発表した作品は、どういう批評が出ても堪えて聞くのが作者の常識です。

発表された作品はその時から読者のものです。芸術作品の鑑賞者には「誤解する権利がある」という著名な言葉さえあるほどです。

作品の解釈や鑑賞は自由です。作者の意図と同じに解釈しなくてもよいのです。むしろ作者の意図を強いたり、同意を求めたりするほうが間違いです。

一方、作者のほうも、どんな批評が出てもそれに従う必要はありません。採否はあくまで作者の自由です。が、批評の途中で発言するのは好ましくありません。批評がすべて終わって求められた時にだけ言うべきです。

また解釈がいくつかに分かれるのは当然のこと。それは作品に表現上の欠陥があるからか、逆に歌会構成員の理解力が乏しいからか、どちらかであり、またどちらでもあり得ます。落着いて聞き分けることが第一です。

次に批評が終わった後、質問などがあって、発言を求められれば答えなくてはなりません。しかし反対に求められもしないのに、自作について得々と解説する人がいます。初心者や老耄の高齢者によくあるタイプです。これは全員の前で自分の未熟を曝し出す行為で、もっとも恥ずかしいこと、出席者の顰蹙《ひんしゅく》を買うこと必定です。

作品理解の上で必要ならばコメントはあっても良いことです。その場合には弁解ではなく、必要最小限の言葉で簡潔に要点を述べましょう。

なお批評のあり方については各社各様ですが、歌会の最大の魅力は互いに一つの場に集まり、顔の見えるところで互いの声を聞きながら学ぶ、ということだと思います。活字や映像ではない直接の触れ合い、それが歌の本来に近付くことで、特に機械文明の発達した現在にはたいせつなことではないでしょうか。歌会は歌の「読み」を学ぶところだという意見がありますが、私も同感です。

なお歌会の進め方は結社やグループによってさまざまです。これが最上というものはありません。

まず批評を主宰者一人で行なう形、少数の担当が行なう形。出席者が相互に発言し、誰かがまとめる形などさまざまです。現在はあらかじめ配られた資料による相互批評が多いようです。

次に作者の名を伏せて行なうところ、名を解った上で行なうところ、さまざまです。そして「選」をするしないによっても分かれます。決められた選者が行なうところ、全員公平に互選を行なうところなど、さまざまで、一長一短があります。これらについては別に記すことにします。

添削について

・濃いピンクブーゲンビリアはアーチへと折り曲げられて風をくぐらず
教えて下さい。この歌で第四句を「延びて曲がりて」と直されましたがこのアーチは人の手でつくられたものです。（兵庫県　K・K　女性）

この欄は作歌の上で誰もが味わうような問題を取り上げます。特定の一首の添削はいたしません。ですからこの歌の表現については答えられません。しかしこの質問には添削のあり方、添削とは何かという添削一般についての問題が含まれていますので、取り上げます。

はっきりしているのは作者が添削された結果に不満をもっている、ということです。そこで考えましょう。あなたは添削を依頼して必ず満足の行く回答が得られると思っていたのですか。それがまず間違いです。創作は人それぞれ。同じ対象でも一人一人詠み方が違うのは当然です。ぴったりした答えなど、ないのが普通です。では人はなぜ添削を求めるのでしょうか。

添削が効果を発揮するのは依頼者と添削者の間に強い信頼関係が存在すること。それが何よりの条件です。その場合、依頼者は添削者の加筆を原則として無条件で受け入れる。そのくらいの覚悟が必要です。各結社雑誌で行なわれている添削は、師弟関係などをもとに、ほぼこの線に沿っていると考えられます。

しかし通信添削などは、互いに顔も性格も境遇も知らない人同士が活字の上でだけ読んだり書いたりするのです。そこで十分な結果が得られるのはごく稀なことだと思いませんか。

中には最近、メールなどで何度もやりとりをしてその過程と結果が雑誌に出る例もあります。これは双方納得する率がかなり高くなると思われます。対話があるからです。

信頼関係などは棚に上げて、ただ著名な人だからとか、権威ある雑誌のことだからとか、あの人が何というか試してみよう、などといった安直な考えで添削を依頼するのは態度として好ましくありません。

しかし近所に語り合う友がいない。一人で詠んでいるので不安だ、しかも高齢だ。そういう人が止むを得ず添削を希望する、ということはあり得ます。が、もともと創作は個の営みです。他人の手を借りて作るものではない。もちろん他人の意見を聞くことは悪いことではありません。しかしそれはあくまで勉強の一助として、参考意見として考えるべきものです。

最初の問いに戻れば、まずあなたと添削者の間に信頼関係がないことが問題。不満があったらそれを添削者に伝えることが先決です。そして通じなければいさぎよく添削を打ち切る。信頼できない人とは即刻手を切ることをすすめます。

添削の是非については著作権問題も含めていろいろ議論がありますが、ここでは触れません。短詩型では添削は昔からの慣例とされています。が、これには限界もあります。添削を受けるのは、テニスに例えれば、まずボールが相手のコートに届かない程度の初心者が受けるべきもの。自分の歌の推敲は自分でするのが原則、人の意見を聞くのはその後です。その気構えがなくては上達は覚束ない、と私は思います。

Ⅳ　短歌とつきあう

未発表とは

① いろいろな短歌大会やコンクールで「作品は未発表に限る」とあります。私達の勉強会では毎回一人十首ぐらいを持ち寄って話し合っています。人数は約二十人で人の数だけ印刷しますが、ここに出した歌で応募した場合「既発表」になりますか。（香川県　H・K　女性）

② 昨年秋、ある大会で私の歌が入選しました。その歌は三年前にA誌に投稿して選外佳作になった自作の一部を推敲した歌です。しかし誰かがあの歌はA誌に出た歌だと投書したために、私の入選は取り消しになりました。下の句は変えてあるのですがやはり失格でしょうか。（青森県　H・S　女性）

まず①の場合、二十人三十人ぐらいの勉強会での印刷は「既発表」とは言えません。相互の勉強のための「資料」ですから作品発表とまでは言えません。一般に「発表」という場合は不特定多数の読者（視聴者）の耳目に触れることが条件になりましょう。

②の場合は微妙です。一部推敲したと言われますがどの程度の変更でしょうか。実例がない

ので断定的なことは言えませんが、少なくとも「選外佳作」として活字になって一般雑誌に出たとすればやはり「既発表」と見做されましょう。下の句を変えたと言われますが、上の句が同じだったとすればやはり問題になることは確実です。

関連してこの機会に申し上げますが、よく自分の同じ作品を複数の発表機関に投稿する人がいます。A誌に応募し、またB新聞に提出し、さらにC放送局にも送る。「数射ちゃ当たる」式の卑しい考えです。これはおやめになるほうがよい。

複数の雑誌等に応募して、すべて落選なら問題はありません。が同時に二ヶ所に入選したらどうなりますか。発行元や主催者側は著作権の問題がありますから、必ず本人確認をするはずです。発表の時期によってはどちらも失格になる可能性が十分にあります。

何よりもあなたにお尋ねしたいのは、あなたはなぜ短歌を詠んでいるのですか、ということ。「入選」するために詠んでいるのですか。「入選」し、わが名わが歌が活字になるのが目的ですか。だとすると、率直に言いますが、まことにつまらないことだと思います。

コンクールなどにたまに応募するのは悪いことではありません。自分の作品を客観的に見直すよい機会になるかも知れないからです。でも三年前の落選作を一部改めて別の大会に提出する、ということに、私は疑問をもちます。旧作に執し、推敲に推敲を重ねること自体は、決して悪いことではありません（反対意見もあります）。でもそれが入選狙いだとすると首を傾げざるを得ません。

「入選」が老後の楽しみ、という気持はわからないではありません。が、短歌は文芸です。文芸は名利を目的とするものではないのです。短歌という、伝統を背負った詩形式の上では、コンクールや大会は、ほんの小さな、部分的な行事・イベントの一つに過ぎません。それによって自作を磨くことは良いことですが、名利に囚われて、文芸としての短歌の本質を見誤ってはなりません。自分にとって短歌とは何か、折りに触れそこへ立ち返って、考え直すことをお奨めします。

結社に入るべきか

私は一人で短歌を作り、いろんな大会に投稿しますが一度も入選したことがありません。実力がないのだと諦めていたところ、友人がXという結社に入ればすぐ上達すると、勧誘するのです。どうしましょう。（大阪付　J・I　女性）

お答えする前に、考えて頂きたいことがあります。まずあなたはなぜ短歌をつくるのですか？　何かの大会で入賞して褒美を貰うためですか？　もしそうなら短歌はおよしになるほうがいい。短歌を詠むのは賞を貰ったり、人から喝采を得るためのものではありません。短歌、それは名誉や利益とは縁のない、報われることの少ない営みなのです。最近世の動きにつれて、たまたま短歌に関わる催しが盛んになり、賞金や賞品が出るようになりましたが、それらの大会は、創作の本道とは少し違う、いわば一時限りのイベントなのです。もちろんそのイベントの入選がきっかけとなってさらに励み、立派な歌人になった人もたくさんいます。ですからイベントは決して悪いことではなく、短歌の普及や振興のために大いに貢献しているのは事実です。が、それはあくまでサイドワークのようなもの。ですから入選しないから実力がないなどと嘆く必要はありません。あなたの考え方そのものがずれている。曲り角を間違えて迷子になっただけの話です。

さて結社に入ることの是非、これは一口には答えられません。結社といっても千差万別、勧められているXという結社の傾向や方針にもよりますし、あなたの性質や考え方によっても違ってきます。ここでは一般的なことだけを申します。

一人で詠むのと結社に入って詠むのは、結局は本人次第、と言うしかないのですが、どちらかというと、結社（または何かのグループ）に入るほうがよい、と私は思います。

まず短歌を詠む上で必要な最少の情報が得られます。主宰者が誰であっても、大結社でも小結社でも、仲間がいるほうが学習上の資料は確実に増えます。現在の短歌結社はかつての文学上の運動体という在り方はかなり薄れ、学習機関としての役割のほうが大きくなっています。それだけに作品の鑑賞や批評も効率よく学ぶことができます。

しかし良いことばかりではありません。これはどんな組織や団体でも同じこと。複数の人がいる限り有形無形のトラブルはつきものです。一人の時にはなかった煩わしさが纏わりついてきます。出たくもない会に出なければならない、買いたくもない歌集を買わされる、時には嫌なタイプの人と付き合わねばならぬ。

判断の資料は中心になっている人（またはグループ）とあなた自身との関係です。この人は信頼できる、と確信ができたら、その結社に飛び込んで、他人の意見に煩わされず、主宰者や結社を信じて一途に邁進する。それがいちばん幸せな形です。

しかし互いに人間、いつかは熱も醒めてくるし、欠点も見えてきます。そこでどうするか、ここから先はあなた自身の在り方になりますね。

所属なしの時代？

　最近いろいろな雑誌の入選者や応募者で「所属なし」という人が多くなりました。結社やグループには入らないほうが良い時代が来たのでしょうか。（神奈川県　H・T　女性）

そのようには思えません。なるほど何年か前に比べると「所属なし」という人が多くなっているのは事実です。しかしこの現象の分析は難しく、簡単に断定はできません。現象だけを見ると短歌の世界で「結社」の影響力が以前より薄れてきたという見方もあり得るとは思います。しかし、だからといって結社が無意味になったとまでは言えません。結社の力は依然として強い。表面的な現象だけを見て賢しらに論じたり決めつけたりするのは間違いのもと。

　短歌を学ぶ場として結社やグループは有力であり、また有効な機関です。一人では知ることのない情報や知識、批評など、複数の人と接することによって貴重な刺激が得られます。しかし一方には他人との接触を嫌う人もいれば、強固な組織で拘束されるよりも少数の、自由なグループのほうが気楽でよい、という人もいます。「所属なし」の理由もさまざまで、意識して孤に徹するという人もいれば手がかりがなくて一人という人もいます。また何かの事情で結社やグループを離れて「所属なし」になった人もいます。

結社の長所や欠点はこの欄で触れたこともありますが、短歌を詠む、という創作行為についての条件は人によって違います。誰にでも当てはまる妙案はありません。さらに言えば、結社だのグループなどと一口に言っても、それぞれの歴史があり、作風も構成者も違います。いま日本には五百もの結社やグループがあるそうですが、まさに多種多様、一括りに「所属なし」がよいとか「所属する」がよいとか、短絡的に考えないことがまず大切です。

ご質問の「所属なし」の人たちも、たまたま現在その人がどの組織にも入っていないというだけのことで、条件や環境は一人一人違うはずです。ネットの交信で十分という人もいますし、人との対話や交流を尊重する人もいます。所属のあるなしは表面上のことに過ぎません。

「結社やグループに入らないほうが良い時代」とありましたが、よいとかよくないとかは問題外です。

「所属なし」のほうがカッコよくて、コンクールなどで得をする、とか、某という結社にいると色目で見られて損だとか、根拠のない低次元な言動をする人がままあります。

短歌を詠むのは世俗の利を得るためのものではない。分り切ったことながら改めて繰り返します。私は利害意識は創作の敵、とさえ思っているものです。

渡り鳥・重複入会　1

・師の逝きて心もとなき八十歳今は去らむか余生少なし

私は、尊敬する歌人が主宰であったある結社にいます。が、恩師が亡くなり、指導が受けられなくなりました。年も年なので他の社に移ろうかと思います。しかし友人が「あちこち結社を変わるのは渡り鳥といって一番軽蔑されるのよ」と言うのです。結社を変わるのは良くないことでしょうか。（長野県　Y・K　女性）

結社と一口に言ってもいろいろです。また人もそれぞれです。結社の選択は個人の自由ですから、自分で決めればよいことです。

しかし選ぶ前になぜその社にするのか、は落ち着いて考えるべきです。

あなたのように経験のある人は自分で考えられましょうが、歌を詠みはじめたばかりの人は何を手がかりに考えればよいか、わからないと思います。友人に誘われる、自分で幾つかの雑誌を取り寄せて比べる、などいろいろな手立てがあります。何よりあなた自身がどういう歌を詠みたいのか、あなたの意図とその雑誌の歌の傾向が近いかどうか。これまではあなたのように、尊敬する歌人の主宰する雑誌に挙って入ったものです。今でもその傾向はあります。しかし最近は、特定の人というよりも、実際的な指導や文学的刺激が得られるとか、会員同士気楽に語り合えるとかで選ぶ人たちが多くなっています。

昔は、結社というものは文学運動の拠点としての意味が強かったのですが、近ごろはその意味はやや薄れ、学習指導機関としての役割が強くなり、文学性はその上に立つという傾向が見られます。もちろん結社はさまざま、一概に言えないのが現状です。

最後の「渡り鳥」ですが、そういう表現があるのですね。確かに所属結社を次から次へと「渡り鳥」のように変えて行くのは、一般論としては好ましくないと私も思います。もちろん当人としては、自分の意に沿わぬ所に長くいる必要はない。嫌だと思えば早くやめるほうが良いのは事実です。が、現にあなたの周囲にいる人たちは、先生も友人も仲間としてそれなりに心を使ってきたはずです。裏切られた気持にもなるでしょう。これは短歌に限らず普通の人間関係でも同じことです。一度入った所をやめる場合、なぜやめるのか、その理由によって評価は変わります。自分の無能を環境のせいにするようでは上達の見込みなし。ひどい例としては、あそこにいても有名になれないから、賞やコンクールの入賞率が低いから、私の存在を認めてくれないから、などさまざまな理由が聞こえてきます。あなたは「年も年だから」と書いておられますが、なぜ年齢を問題にするのか、理解できません。結社を移って大きく成長した人の例は私も知っています。反対に、転々と結社を移ったために人の冷笑を買っている例も幾つも見ています。

要するに本人のあり方が基本で、結社やグループの違いは第二次的な問題です。自分さえしっかりしていれば、あとは自然に解決することと思うのですが。

渡り鳥・重複入会　2

私は九州に住んでいて、東京のある結社雑誌に投稿しています。最近県内に新しい短歌雑誌が出来、入会を勧められました。今までの投稿は続けたいのですが、友人から二股膏薬は無節操でいけないと言われました。二誌に入ってはいけないのでしょうか。（鹿児島県　T・T　女性）

「二股膏薬」とは恐れ入りますね。敵と味方双方に通じる武士を「二股武士」ということは浄瑠璃にも出てきますが、二つの雑誌に所属することを「二股膏薬」とは初耳です。

大正から昭和前期にかけて、短歌結社が少なく、互いの文学理念を主張して対立していた頃には、所属する結社への帰属意識が強く、一社に集中して励むことが常識でした。そして他の雑誌に参加したり、購読したりすることを禁じたり、疎んじたりすることもままありました。しかし現在、短歌の世界にはそのような閉鎖的な拘束はない、と言ってよいと思います。

中央の結社に所属すること、地域の雑誌に入会すること、仲間で同人誌を発行すること、いずれも個人の自由です。今は無くなりましたが「アララギ」の会員は「アララギ」本誌のほかに地方の「何々アララギ」と両方に作品を発表することが通例でした。たとえば「アララギ」本誌では二首しか発表できないので欲求不満になるが、地方誌だともっと多く載せられる、という声を聞いたことがあります。また地方に住む人が、短歌界の情報をより多く得るために、地域の雑誌だけでなく中央の雑誌を併読する、という例もあります。どちらもごく自然なことで、何ら咎められる理由はありません。

ほかに所属する結社はそれぞれ違っていても、互いの勉強のために親しい友人たちが同人誌を作って研鑽する、という例はしばしば見られます。この場合も重複入会には違いありません。結社によっては「作品発表は一誌に限ること」というきまりを設けているところもありますが、これはそれぞれの雑誌の性格や方針によることです。

なお一点だけ注意すべきこととして、同じ歌を二誌に載せるのはやめましょう。このことはコンクールや短歌大会の項でも書きましたが、著作権を管理する側に無用の心配をかけることにもなります。それよりも表現者としてのモラルを問われることになりましょう。

私の経験ですが、かつて同じ人の名を特に理由もないのにA誌で見、B誌でも見、C紙にも見たことがありました。言葉のはしばしが違うだけで歌の内容はほぼ同じです。「二股膏薬」とまでは言いませんが、鼻白む思いがしました。その人の作歌姿勢、短歌についての考えを疑うことになります。

情報を得るため、中央と地方の差、など明らかな必要があれば雑誌の重複入会は何ら差し支えなし、と私は思います。

小歌会とその指導　1

私は地方の都市で小さな歌会に指導者という立場で参加しています。参加者はほとんど八十歳以上、作歌経験の長い人もいれば初心者もいます。こういう会の指導について基本的な心得をご教示下さい。結社との違いなども。（長野県　T・Y　男性）
地域の人々と短歌を語り合い勉強を続けておられること、ご苦労もありましょうがその営みに敬意を表します。しかしご質問に答えるのは頗る難しい。まず人は誰でも一人一人感覚も考え方も違います。その人たちの詠まれる短歌も一首一首カラーが違うはずです。以下、適切な答にはならないと思いますが、私の考えを申します。これはあくまで私の考えで「基本的な心得」ではありません。

まず「指導」という意識はなるべく捨てるほうがよい。作者は誰でも平等です。会の行き掛り上、選者とか先生と呼ばれることはあるにしても、それはたまたまその人が比較的作歌経験が長く、歌により多く親しんできたというに過ぎません。創作に上下はない。これが原則です。制度の上で「先生」という立場になるにしても、指導者として尊大に構えたりすると、まずうまく行かない例が多いようです。反対に強烈に指導精神を発揮して、それで人気を得ている人もありますが、それは少数。結社のような、短歌の専門集団ならともかく、地域の会にはふさわしくないと思います。

選者や先生は指導者ではなく、仲間のまとめ役に徹するほうがよいようです。まとめ役の仕事としては、仲間の一人一人と親しい友人になること。親しいといっても歌の上でのこと、職業や家庭内のことにはなるべく踏み込まない。

そして歌の技術や内容についての価値判断は慎重に表現する。まとめ役はジャッジではない。

もちろん評価を求められれば、思うところをはっきり言うべきですが、その作者の作歌意欲をたかめるように、という方向はしっかり保っていたい。ただし困るのは反応が人それぞれということ。きびしい批評を求めてひたむきに努力する人もいれば貶められて意気消沈、やめてしまう人もいます。おだてられて気をよくして励む人、賞められないと気を悪くする人、さまざまです。批評はその人の性格や気質をよく知った上でものを言う。必要なのは信頼関係です。

結社と地域の会の違いは何か。結社は文芸への志をもった人たちの集団です。ですから誰の歌でもきびしく酷評してよい。が地域の集まりは日々の楽しみで詠んでいる人や、将来の見通しももってない人が主流です。レベルを下げてはなりませんが、そこで専門家ぶったダメ出しをするのは見当違いだと私は思います。

窪田空穂は若き日の私に「けなすだけが批評じゃないよ。本人が気付いていない本人の長所を見つけてやり、それを育ててやるのがほんとの批評だよ」と言いました。それは今も私の心に生き続けています。

小歌会とその指導　2

前回の地域の小歌会についての注意点、大いに参考になりました。この他実際に困るのは、一所懸命佳い歌を詠もうと努力する人と、まあ適当に、という人とが両方いて、何となくしっくりゆかないのです。何か名案はありませんか。また無理に添削をしてくれという人がいます。いやな時は断ってもいいのでしょうか。（山梨県　H・K　男性）

前にも書きましたが、人は人それぞれ、歌についての考え方だけでなく、一人一人気質も感情も違います。スポーツのように記録が数字で出たり、勝ち負けがはっきり出るものは一つの目的のために皆が心を合わせて励むことは比較的わかりやすい。しかしその場合でも、チームワークの重要性はよく言われることです。

が、文芸には勝ち負けはなく数字による結論は出ません。しかしそれが文芸のよいところ、おもしろいところです。一人一人がどのように違うか、言い換えればそれぞれが個性を発揮し、その違いを認めた上で語り合ったり論じたりします。これが文芸や他の芸術作品のあり方です。ただし小歌会は勉強の場です。互いに努力して佳い歌を詠もう、これが大原則です。しかしそこには熱心に勉強する人もいれば、お楽しみで歌を詠む人もいる。それは当然のこと。そこに何かの圧力を加えるのは好ましくない。例えばこういうのは歌ではない、とか歌はこのように詠むべきだ、などの強制はしないほうがよい。

そこでご質問です。自分は勉強に来たのだ、何でもよろしいでは参加の意味がない、向上のための指導がほしい、という要望は必ずあります。

そこで先輩のまとめ役としては、参加者それぞれの意向とか希望をできるだけ正確に知ることが肝要です。理想的には一人一人に合った助言や忠告をすること。しかし熱意ある人を励ます一方、お楽しみの人を無視してはならない。少しずつ気長にお楽しみ派に努力と上達の喜びを教える努力がたいせつです。

最後の添削の問題、これも抽象論では片付きません。あの先輩はすぐ人の歌を直したがる。すると私の歌ではなくなってしまう。大きなお世話だ。一方、折角来ているのにどう直していいのか、何も教えてくれない。という不満もよく聞きます。これはその人、その歌に関わることで現場に立たないと、何とも言えません。直されて喜ぶ人、不服をいう人、一人一人反応は違います。また直すほうにも上手下手があります。たびたび言いますが、添削は両方の信頼関係があって初めて成立するものです。中には先生を試すような態度で添削を求める人もいます。

歌会ではその短歌について互いに語り合うこと。その上でよりよい表現を求めて代案が求められれば出す、それが望ましい添削の姿ではないでしょうか。気が進まないときは率直にわけを話し、断っても差し支えないと思います。

歌集のまとめ方

今までの作品を歌集にまとめたいと思っておりますが、章立てについて迷ってしまいました。主題毎にまとめた方が年代順より読みやすいのでしょうか。年代順または主題毎にした方が良い場合がありますか。（千葉県　M・M　女性）

お答えしにくいのは、あなたの歌を私は一首も読んだことがなく、歌の傾向も経験も年齢も何も知らないからです。あなた自身、今までにいろいろな歌集を読んだことがあると思います。それらをじっくり読み直すこと。それは歌よりも、あなたの言われる「章立て」を考えながら読んでください。他人の意見を聞くのはその後で十分です。あなた自身の歌についての考え、それが何よりも第一です。

さてあなたの歌についての考えを確かめてから編集にかかります。その上で歌の数、何首くらいで一冊にしたいのか、などが関わってきます。

話を進めるためにごく大雑把に二つに分けてみます。
①あなたが比較的高齢で作歌の経験も長く、歌数がかなり（五、六百首以上）ある場合は年代順のほうがよさそうです。
②あなたがさほど高齢ではなく、歌の経験年数も十年以内、数も五、六百首以下の場合。年代順でなく、別の考えでまとめてみる。あなたの考えが明瞭に出せるのが良いところです。
年代順の長所はあなた自身の歌の成長過程がわかること。合わせて読者も理解しやすいこと。短所はその反対で、読む人は、作者の経歴と否応無しに付き合わされる。退屈を感じるかも知れません。

年代順にしない場合は、さまざまな方法がありますから一口には言えません。四季、哀傷、恋などの伝統的な形もあれば作者の抱く主題によって独自の構成もできます。生、死、恋、心、体など。この場合作者の意図がどこにあるか、読者に伝わるかどうかが問題です。編集の仕方、構成の立て方によって読者が関心を高めて読み進めてくれる場合もあれば、読者が理解に苦しむこともあり得ます。

今日、たまたま私の手元に届いた新刊歌集は六冊ありますが、うち二冊は年代順、二冊は自分で立てた主題によるもの、一冊はその中間で年代で分けながらそれぞれにタイトルを付けています。もう一冊は単にⅠⅡⅢと分けていますが、年代順か内容別かは明記してありません。また年代順にしても制作年で追うのではなく、自信のある最新作を巻頭に置くという例（逆年順）もあります。斎藤茂吉『赤光』初版や釈迢空『海やまのあひだ』などが有名です。

要するに一人一人歌は違うのですから、一般論としてこれがよい、こちらが勝るなどと言うことは不可能です。ご自身の作にもっともふさわしい姿は作者自身が決める、それがもっともすっきりしています。余分な利害は考えないことです。

歌集のタイトル

歌集を作る際、インパクトの強いタイトルをつけるのはよくないと聞いたことがあります。歌集の顔となるタイトルをつける際は思い入れが強くなってしまうと思うのですが、他に注意すべきことがあれば教えてください。（長野県　M・M　女性）

まずインパクトの強いタイトルとはどういうタイトルですか。人によって感覚は違いますから、インパクトのあるなしなど、何とも言えません。作品のタイトルは小説、映画、歌集、詩集みな同じです。作者は自分の心にもっとも叶う表現を選んでつけるのですから善い悪いのと言うことはできません。また思い入れが強い弱いと言われますが、作品とは無関係です。

「現代短歌」十二月号裏表紙の広告に七冊の歌集名、『現世』『桜咲く下』『遊牧民の如く』『遠き橋』『雪庭』『八ヶ岳の森』『山村烈日』が並んでいます。これらを見ても作者それぞれの意図がこめられています。インパクトとか思い入れなど考える必要はありません。

ここにある『現世』『雪庭』など漢字二文字は近代以後の短歌では非常に多い形です。斎藤茂吉『赤光』佐藤佐太郎『帰潮』などを初め、秋葉四郎『新光』、高野公彦『水行』、吉川宏志『曳舟』などもっとも標準的な数多い形です。

また『遠き橋』のような漢字ひらがなを組み合わせた三文字・四文字は北原白秋『桐の花』、与謝野晶子『みだれ髪』以来使われやすい形です。近藤芳美『埃吹く街』、宮柊二『多く夜の歌』など、ご承知の通り。

しかし近年は、長いタイトルが多く見られる傾向があります。佐佐木幸綱『直立せよ一行の詩』はもはや古典的な例で、東直子『春原さんのリコーダー』横山未来子『樹下のひとりの眠りのために』など限りなく続いています。反対に一文字は河野裕子『家』、来嶋靖生『掌』など少数派でしょうか。

外国語やカタカナでは加藤治郎『サニー・サイド・アップ』が早く、栗木京子『中庭《パティオ》』は漢字に原語の発音でルビをふったのが新鮮。ひらがなでは小中英之『わがからんどりえ』、水原紫苑『びあんか』。からんどりえ、びあんかはともに外国語でもあります。外国文字では紀野恵『La Vacanza』があります。

長い短いだけでなく、使用言語や表記など、まさに千変万化。それらについての評価は一人一人の感受性が違いますから私の見解を述べることはできません。あえて差し障りのないことを言えば、大別して寡黙型と饒舌型とがあること、また漢字派とかな派（ひらがな・カタカナ）とがあるという程度は言えそうです。流行に左右されることなく、人に受ける受けないなど雑音に捉われることなく、作者自身の気持ちを優先すること。自分の子の名をつけるつもりで愛情をこめて考えてください。

歌集に序文は必要か

私も人並みに歌集を出そうと思い立ちました。友人の歌集を見ると恩師の序文がありました。でも私の恩師は亡くなっています。初めての歌集には誰かに序文を書いてもらうのが

常識だと友人は言います。序文なしで出してはいけないのでしょうか。（岡山県　T・S　女性）

初めての歌集を出すのに序文がなくても差し支えありません。もともと「序文」とはある書物の初めに掲げ、その本の趣旨や方針、成立事情などを記す文章のことで、必要かどうかはその本によります。

古い例を言いますと、明治二十九年に出た与謝野鉄幹『東西南北』には井上哲次郎、落合直文、森鷗外、小中村義象、阪正臣、正岡子規、正直正太夫、国分青崖、佐佐木信綱と、実に九人の序文があり、さらに鉄幹自身の文章（自序といいます）があります。一方その五年後の三十四年刊行の鳳晶子『みだれ髪』には序文なし。三十五年の太田水穂『つゆ草』にもありません。人によりけりで全く自由なのです。第一歌集だから必要とか、第二歌集以後は不要などというのは俗説で、何の根拠もありません。

第一歌集に対し、師や先輩が序文を寄せるのは、新人である作者の前述を祝し、激励するというのが主な理由と考えられます。作者の側から言えば無名の自分がデビューするに当たって先輩歌人に一言紹介してもらう。これはある程度歌壇の慣例のようになっていますが、なければならぬとか、なければ作者に不利益だということはありません。

長所としては、先輩の序文があると、対外的には一種の保証書のようなものとなり、読者の鑑賞に便宜を与える、という効用があります。無名の新人について、その人と作品を紹介するわけですから、序文執筆者の力によって、読者が安心する、ということです。師が高齢になると文章の代わりに短歌（序歌といいます）ということもあります。

これに対し、序文なしで歌集を出すのは、先輩の力や名声に頼らない、という意味であり、見方によっては本人の自信と責任の所在を明らかにする、一つの見識ということもできます。いずれにせよ、作者の考えで決めてよいことです。

なお序文の反対語として「跋文」があります。書物の終わりに書き記す文章のことです。最近はこの語の代わりに「解説」という表題で作者や作品のよき理解者が執筆する例が多くなっています。これは一般の出版物、とくに文庫本など名著の普及版に用いられたのが初めで、それが歌集にも及んだというのが実情でしょう。これもあればよし、なくてもよい、という理解でよいと思います。

序文や解説は、原則的には作者にとってプラスになることが多いはずです。が、時には逆効果（執筆者や解説者の名を見ただけで読むのをやめる）ということもないとは言えません。

ともあれ、創作者たるもの、まずは人に頼らない毅然とした精神が必要ではないでしょうか。

V　行き詰まったら

歌ができない！　1

・歌詠むと紅葉の山に友と来て心も体も真っ赤になりぬ

友人と紅葉狩に行き、こういう歌を詠みました。すると友人が「そんな嘘をいって得意になってるから君は馬鹿にされるのだ。短歌などやめたほうがいい」というのです。それ以後、歌を詠もうとするとこの言葉が気になって詠めないのです。歌ができない時はどうすればいいのでしょうか。（栃木県　N・K　女性）

お友達がどういう方かわかりませんが、こういう言葉は無視しましょう。気になると言われますが、気にするほうが間違っています。

それよりも「歌ができない時にどうするか」。それについて記します。

誰でも同じですが、歌を詠み続けていると、歌ができなくなる時期が必ず来ます。時期や程度は人さまざまで、できないできないと悩んでいるうちに、短歌そのものがいやになってやめてしまう人もいます。自分の才能に疑問を感じたとか、短歌を詠むことが無意味に思われるとか、他の興味あるものに転向したいなど、理由は千差万別です。

やめたくなればやめればよい。それが最初の答です。この場合は問答無用、それが互いのしあわせです。

そうではなく、やめたくはないができないのだ、という場合。その人に対してのみ私はお答えします。

これについては多くの先輩の回答がありますが、その全部を紹介することは不可能なので、よくある例を二つだけ紹介します。
①まず短歌と一時絶縁して他のジャンルに目を向けること。「一時休憩」。文学以外のものでもよい。映画、演劇、絵画、落語、歌（メロディーつき）、旅行、スポーツ、何でも結構。三カ月でも半年でも三年でもいい。短歌から遠ざかってみる。でも時々短歌を思い出してください。今まで気づかなかった短歌の姿や形の佳さが見えてくるかも知れません。こうして立ち直って前よりずっと佳い歌を詠むようになった、という例は少なからずあります。
②詠みたいのに詠めない。これには職業、育児、介護など、外的な要因と自分自身の心、内的な要因とがあります。私自身の経験で言うと、解決の糸口は「意地」でした。短歌の先生や友人の顔を思い浮べる。ここでやめると、あの人たちから「とうとう彼も脱落したか」と思われるに違いない。そこで「何を！」と意地になる。一首でも二首でもいい。やめずに発表し続け

るのです。ある先輩はこれを「チョロチョロ作戦」と言いました。寒い地方で冬、水道の蛇口を堅く締めて寝てしまうと、夜中に蛇口が凍って水が出なくなる。それを予防するためにチョロチョロと水を出したままにしておく、というのです。やめてしまうとカムバックは難しい。辛くても詠み続ける、確かに私はそうして何度かの危機を乗り越えました。

「意地」は言い過ぎかも知れませんが、細々とでも続けること。これはかなり有効だと思います。

短歌をとりまく状況は人によって違います。それに応じて対策を立てましょう。ここでは「一時休憩」と「チョロチョロ作戦」を紹介しました。同類のことは、表現は違いますが、何人もの先達が述べています。他の案は次回に記します。

歌ができない！　2

・昨日今日歌ができずに苦しめば箪笥の上から猫あざわらふ

前号で歌が詠めない時のヒントを拝見しました。でもうまくゆかないのです。他に名案はありませんか。（埼玉県　H・W　女性）

名案かどうか、多分名案だと思いますが、私の経験を参考までに書きます。

まず「気に入った歌を写す」こと。古典でも現代でもとにかく歌集を読んで、佳い！　と思う歌に出会ったらそれをノートに筆写するのです。歌の上にマルを付けたり、横に線を引いたりするのは不十分。ワープロに打ち込むのも悪くはないが、手で写すのがもっとも効果的です。手で写すということは、その何秒か何分か、あなたは人麻呂か斎藤茂吉か寺山修司か、過去の大歌人と同じしぐさをしているのです。やがてそれら先輩歌人のからだのリズムが無意識のうちにあなたの身に乗り移ってくるかも知れません。これを行なって勉強したのは私だけではありません。過日、永田和宏さんの『作歌のヒント』という本をぱらぱらめくっていると「歌集を読もう、歌を写そう」という項目があって同じく筆写を奨めておられます。昔から小説家志望の青年が、先輩作家の文章をせっせと写して、その文体をマスターしようと努力した、という話は多く伝えられています。一分間の人麻呂体験。これは必勝効率大だと思います。

もう一つは、こういうと差し障りがあるかも知れませんが、投資することです。投資といってもお金を使えということではありません。もちろんお金も投資の一部ですが、その前に使ってほしいのは「時間」です。歌のためにあなたはどのくらい時間を使っておられますか。その「時間」はペンをもち紙を拡げ、ワープロの前にいる時間ではありません。食事の時、道を歩いている時、バスの車内、入浴のときなど、すべての時間で歌を意識する。つまり寝ても覚めても歌を思っていることです。その熱意と執着心があれば必ずあなたの身に歌ごころは蘇ってきます。締切の前日になって慌てて歌を考える、それで上達するなら簞笥の上の猫でも大歌人になります。

前回では歌から一時遠ざかることを奨めました。矛盾するようですが、あえて申します。「時間」の次にできれば「お金」も使ってほしい。歌集はもちろん、多くの本を買って読むべきです。もちろんお金はだいじです。無駄使いを慎むのは当然ながら、私も本を買って後悔したことは何度もあります。でもそれを重ねることによって選択眼が養われます。お金を出して買った歌集なら、口惜しいからやはり読みますね。その時に欠点を考えながら読む。思うだけでなく、文字に書いてみる。その腹立ち紛れの文章があなたの批評意識、鑑識眼を養ってくれるのです。

写すこと、投資すること、この二点を申し上げます。

マンネリの克服

　春になれば桜を、夏になれば祭を、孫が来れば孫の歌を作っています。平穏な日常の繰り返しのため、同じような歌ばかり書いています。マンネリを打破するよい方法があれば、ぜひ教えて下さい。（青森県　Ａ・Ｎ　女性）

もしそういう名案があれば、私のほうこそ教えて頂きたいものです。ところであなたはご自身の歌をマンネリと決めて掛っておられますが、そもそもその判断は正しいのか。そこから疑ってみるべきです。およそ自分のことは見えないものです。自分を冷静に反省する。そこがスタートです。

　まず厳しいことを言うようですが、マンネリ打破の名案はないか、などと訊ねること自体間違い。愚かなことです。作歌は創作。自分が死物狂いで戦おう、という気力と闘志がなければ解決の道はありません。人頼みはダメです。

　と言ってしまっては身も蓋もありません。ここでは先輩友人から聞いた幾つかの例から少しだけヒントを記すことにします。

①遠くから見る。しばらく歌から遠ざかる。何カ月か短歌は作らずに他の芸術ジャンルに親しんでみる。すると人によっては、短歌の佳さおもしろさを再認識できて前より歌が詠めるようになった。という人がいます。しかし一方、遠ざかるとそのまま短歌に戻れずにやめてしまう恐れもあります。でもそれはそれでいいではありませんか。その人の短歌の才はその程度だったということですから。

②克服する。出来の善し悪しは考えずに、毎日一首以上、遮二無二短歌を作って書き留めておく。詠まなければ殺される、痛い目にあう、追放される、と自分を追い込む。執念をもって短歌に立ち向かう。程度の差はありますが、こうして歌に戻ったという人は何人もいます。意志の力で征服してしまうのです。

③なりすまし練習法。これは少し危険な勉強方法ですが、あなたの尊敬する歌人の歌を十首ほど書き写し、それに似せて十首詠んでみる。どんな歌でも良い。好きな歌なら何でも、組み立てや言葉を部分的に変えながら、なるべくその人になりすまして歌を詠んでみるのです。難しいけれど練習法としては良かった、とある経験者が語っていました。

しかしこれは人真似ですから自分の歌として発表することはできません。あくまで密室の訓練です。確かに十首も似せて書いていると歌のポイント、息づかい、リズム感、何かが身についてくるものです。先人の歌に学ぶのはぜひ必要なことですが、模倣や剽窃に陥らぬよう、作者のモラルの堅持が必要です。

人によって役に立つかどうかわかりませんが、三つほど先例を記しました。それより何より、自分はマンネリだ、などと即断しないこと。軽率な決断は災いのもと、自分を信ずることです。

短歌雑誌の選び方　1

書店に行くと短歌の雑誌が何種類か出ています。友人の中には書店に出ていない雑誌を読んでいる人もいます。毎月何か決まって読むほうがよいのでしょうか。そして何を基準に選べばよいのでしょうか。迷うばかりです。（神奈川県　Y・S　女性）

これは難しい質問です。私も明快な答は出せません。人それぞれ考え方感じ方が違うように、雑誌もそれぞれに特色があり一様ではありません。ある人には気に入られても別の人には疎まれることもあります。

しかも雑誌の内容は月々変化します。まず選ぶあなたが雑誌に何を求めるのか、それによって答は変わってくることになります。

考え方のヒントとして、外と内に分けてみましょうか。まず「外」のこと。定価、本の大きさや重さ、頁数、表紙の感じなど内容に関わりない所での選択が「外」です。

自分は病気なので毎月の出費は抑えたい、高齢なので重い雑誌はごめんだ、という声を聞きました。

手元にある月刊誌五種類の七月号の定価を見ると千円、九九〇円、八〇〇円、七五〇円、六六〇円でした。この値段を選択の要素として考える人はかなりいるようです。但し定価やページ数は特集や付録などで変わることもあります。次に大きさはA5判が四点、B5判が一点、頁数はA5判四点の中でもっとも厚いのが二三六頁、ついで二〇二、一八八、一四四頁でした。

さて「内」のこと。雑誌の内容ですが、これも比較して善し悪しは言えません。雑誌にはそれぞれの編集方針がありますが、それを文章で明示することはあまり見かけません。読者自身が手にとって感じ、選んで頂くよりないのです。まず目次を眺める。読みたい記事がどのくらいあるか。常識的な答ですが、やはり自分で手にとってみること、万事はそれからです。

内容は大きく分けて作品（短歌）、評論、短歌史、随筆、作歌の手引き、読者投稿などがあります。作品を中心に読むのか、評論や歴史に関心があるか、肩のこらない読み物を手がかりにするのか、読者投稿欄を楽しみに読むか、など人それぞれです。

私自身が過去に受けた相談の例から言いますと、自分は高齢で初心者だからわかりやすい内容の雑誌はないか。また反対に今の若い歌人の感覚を知りたいから新味のあるのはどれか。伝統的な落ち着いた短歌を読むには何がよいか。など、人によってさまざまです。どの問いにも答えられないことはないけれど、どうしても個人的な意見になります。各雑誌の利害にも関わりますのでこの欄では雑誌名を挙げるのは慎みます。

最後に、質問にあったことですが、雑誌を月極めで読む（定期購読）ことの是非。これは一長一短です。ある雑誌を定期に購読するのは原則的にはよいことに違いありません。が読まないでツンドクになるおそれも多分にあります。

雑誌選択の問題は難しいだけに重要なので、次回はもう少し別の角度から考えてみることにしましょう。

短歌雑誌の選び方　2

書店にある短歌雑誌をときどき買って読んでいます。しかし初心の頃、私の師匠（故人）からは、ああいう雑誌は害毒が多い。読んではならぬ、ときつく言われました。でも

私はひそかに読んでいます。いけないことでしょうか。（長野県　Y・K　女性）

前回に記しました通り、いわゆる短歌綜合雑誌（商業雑誌）については一人一人考えが違います。読むほうがよいという意見、読まないほうがよいという意見、どちらもあり得ます。雑誌を読む読まぬは個人の自由です。他人が口出しすべきことではありません。恩師の意見といえども従う必要はありません。読みたいものは読めばよいのです。

しかし以前、古い伝統をもつ結社や歌人によっては、他の結社誌はもとより商業誌を読むことを禁じたり疎ましく思ったりする例は実際に存在しました。

商業誌を嫌う理由もわからないではありません。自社の作歌理念と著しく違う作品や評論が多い雑誌に対しては、反発する意見もあり得ます。結社では然るべき方針のもとに心を揃えて研鑽しているのに、よそから余分な情報が入ると会員に迷いが生じる、それを恐れ、嫌うわけです。

ではそもそも雑誌とは何でしょうか。「雑」は、もとは「いろいろなものが一緒にある」という意味です。最近日本では粗雑とか乱雑とか悪いイメージで使われますが、それは俗に派生した使い方。明治以来、雑誌は「いろいろな内容を一つに収めた定期刊行物」なのです。ですから短歌綜合誌は、多くの短歌に関わる「情報」を集め、整理して定期的に世に送り出す一機関です。

ところが何時の間にか、情報社会の常？　として、派手な綜合雑誌が短歌界で権威をもち、その雑誌が現在の短歌界の指導的存在なのである、などという風潮が生まれました。大正期のある時期、文芸雑誌の編集長（滝田樗陰のような）は文壇の権力者であり得ました。が、それは文学や短歌の本質から逸れることです。

さまざまな情報を心得て現在の短歌界の動向を知る、そういう意味では短歌商業誌に眼を通すのはよいことです。もちろん内容の問題が絡みますが、あとは各人の雑誌との接し方です。雑誌にはそれぞれカラーがあります。特定の雑誌の動向に従う必要はないし、考えが違うといって反発する必要もない。街を歩いているとさまざまな流行のファッションが眼に入ってきますが、年齢も性別も暮らし向きも好みも一人一人違います。戸外の空気を吸って世の動きを知り、我が身を顧みる。という感じで雑誌は気楽に読めばよいのです。

意識してほしいのは自分のスタイルです。短歌は「個」の文芸と言われます。情報に溺れて「個」を失っては文芸としての存在価値はなくなります。雑誌は多くの情報が含まれ、多くのことを学ぶことができますが、すべてが正しく必要な情報とは言えません。自分をしっかり保って読む。それが肝心です。雑誌の選び方とは少し逸れましたが、私が言えるのはこの程度までです。

雑誌記事への疑問

短歌雑誌をいろいろ読んで勉強しています。でも時にはヘンだ、と思うことがあります。例えば啄木の歌の「庭のそとを白き犬ゆけり。ふり向きて、犬を飼はむと妻にはかれる」の結句について「はかる」の命令形「はかれ」に助動詞「り」の連体形がついた、と書いてあるのです。「り」が命令形につくはずはないと思うのですが、私はその筆者を知りません。そういう時は雑誌に質問してよいのでしょうか。（神奈川県　T・S　女性）

ここは一首の解釈や批評をする場ではないのでお答えしにくいのですが、疑問がある時はその雑誌の編集部あてに具体的にその雑誌の月号やページを書いて質問すればよいと思います。あなたが感じた疑問はあなた一人の疑問ではないと思います。私もこの説明には首を傾げました。「り」の項（第64ページ）を参照して下さい。

それはさておき、雑誌の評論や解説は（この相談室も含めて）つねに正しいとは限りません。筆者が間違えることもあれば、意見の相違もあります。疑問の繰り返し、それが文芸の本来です。

ただし文法は、長い歴史の上で討論され研究されて来ていますから、かなりしっかりした体系ができています。従って文法的に誤りとか、勘違いの指摘はある程度はっきり言うことができます。異説の存在はもちろんありますが…。しかし悲しいことに、戦後の国語教育の偏向によって、現役歌人の文法的知識の水準は、私を含めて著しく低下しました。しかも口語については言葉自体の変化が近年はなはだしいので、たやすくは整理できない状態にあります。

もともと文法があって作品があるのではなく、多くの作品を整理検討して体系づけたのが文法ですから、議論は簡単ではありません。既存の文法の考え方では割り切れない作品が次々に生まれているのが実情です。

文法であれ、評論であれ、もしあなたが疑問を感じた時、身近に信頼できる先生や先輩がおられたら遠慮なく質問されることをお勧めします。それとてもつねに正しい答が返ってくるとは限りません。もし近くに尋ねる人がいなければ勇を奮って雑誌の編集部に問い掛けるのがよいと思います。

文芸の世界に絶対ということはありません。しかし問い掛けなくては決して事は解決しません。直ちに百点の回答はなくても、問いと答を繰り返すことによって道は開けてきます。

まず疑うこと、そして問い掛けること。聞くは一時の恥、聞かざるは末代までの恥。あなたが雑誌の文法記事に疑問を感じたのはすばらしいことです。その姿勢が進歩を生み出します。

入門書の新旧

短歌を始めて一年経ちました。何かガイドブックが欲しいと思い、Pさんという歌人の書かれた入門書を図書館で借りました。半ばまで読んだ時に歌の先輩がそんな古い人の本など読むと時代遅れになる。もっと新しい人の本にしなさい、というのです。Pさんは大正の生れですが、入門書に新旧の差があるのでしょうか。（岡山県　H・S　女性）

まず原則を言えば、著者が明治生れであっても大正生れであってもまた昭和であっても短歌の基礎は同じです。著者の生年や年齢などによって左右されるほど短歌は単純なものではありません。短歌に限らず、修練研鑽を要するものは文芸でも工芸でもスポーツでも、あるレベルまでつまり基礎的なところは共通しています。しかしそこから先が難しい。

短歌は文芸です。ということは画一的に同じ品物を（商品のように）作るものではありません。人それぞれの表情や性格の違い、つまり作者の個性を尊ぶものです。あなたはどういう歌を詠みたいのか、短歌で何を言いたいのか、それによって違ってきます。歌を詠みはじめて間もない頃は、誰でも指導者の影響を受けやすい状態にあります。先輩はそれを案じてあなたに忠告したのでしょう。

が、著者の生れ年は一つの資料に過ぎません。時代遅れになるとは限りません。一方若い人の意見がつねに正しいとも言えません。経験の有る無し、男性か女性か、社会的に著名な人がよいのか、発行元がどこか。所属する組織の大小や傾向、判断のもとになる条件はまさに千差万別です。その著者に会って話を聞くのがよいと思いますが、それが不可能な人もいるでしょう。

一つだけヒントを言いますと「引用歌を見て選べ」ということ。どういう本でも説明のために例として歌が何首も引用されているはずです。それをざっと拾い読みしてみて、その中にあなたの気に入る歌が幾つもあるかどうか。さほどないならばやめるほうがよい。もしあなたが若々しい歌を詠みたいのなら、引用されている歌や作者が若いものを選ぶ。伝統的な歌が好きなら定評ある歌が多く引かれている本を選ぶことです。

私は、何かの縁で入門書を読み始めたら、途中でやめないでとにかく最後まで読み通すことをお勧めします。どんな本でも著者は責任をもって書き、それを公にしたのですから、最後まで読めばその著者の短歌観や文芸観が何かの形で伝わってくるものです。その上で次を考えればよい。入門書はあくまで踏石です。何冊も何種類も読むものではありません。この後は、その本で知ったあなたと相性のよい短歌や作者の歌をもう一歩突っ込んで読み進めてください。それが入門書を生かす最良の道だと私は思っています。

あとがき

この『作歌相談室』は、「現代短歌新聞」に連載中の「作歌相談室」と旧「短歌新聞」の「作歌相談」をある時点で区切ってまとめたものです。何年も歌を詠んでいるといろいろな人から質問を受けます。結社の後輩から、カルチャー教室の受講生から、雑誌の読者から、内容は実にさまざま。このこと、歌人の誰もが経験しているはずです。はじめ今泉洋子さんからご提案があったとき、日常繰り返していることだからいいですよ、と軽く引き受けたものの、実際蓋を開けてみるとそうたやすいことではなく、何度か途方に暮れることがありました。

多くの入門書には、短歌実作に関わることはきわめて懇切に書かれていますが、実作の裏側、作品に現れないこと、少し外れたところのことはなかなか触れられません。質問の多くは、言葉ではっきり言い切れないようなことです。そういうところにこそさまざまな微妙な問題がある、それを今回はじめて知りました。

ここに私が書いたことはあくまで私個人の意見であって歌壇の最大公約数ということではありません。異論反論さまざまあると思います。が、六十年以上短歌に関わってきた一歌人の正直な思いであることは、自信をもって言えます。前にも書いたことですが、マラソンに譬えれば、私は先頭集団で颯爽と快走する人よりも、なかなかスピードがあがらず、思うように走れないランナーの友でありたいとつねづね願ってきました。

思えばこのように、賢しらにものが書けるのは何といっても皆様のおかげです。亡き窪田空穂、都筑省吾両先生はもとより「槻の木」や早大短歌会以来の諸友にお礼を申します。またこれまで長い間ご交誼を頂いた歌壇の諸兄姉、連載執筆に協力して下さった現代短歌社のスタッフの皆様に心からお礼を申します。

二〇一六年春

来嶋靖生

来嶋靖生（きじまやすお）

昭和６年（1931）大連市に生まれる。

昭和26年早大短歌会・槻の木会に入り、都筑省吾に師事。

平成26年まで「槻の木」代表。

歌集『月』『笛』『雷』『掌』『硯』など13冊。

歌書『柳田国男の短歌』『窪田空穂以後』『大正歌壇史私稿』『中高年の短歌教室』など多数。

昭和60年日本歌人クラブ賞、平成８年短歌研究賞。

平成21年日本歌人クラブ評論賞。

平成27年『硯』で詩歌文学館賞を受賞。

現代歌人協会監事。窪田空穂記念館運営委員。

日本文藝家協会会員

現代短歌社新書

作歌相談室

二〇一六年六月十一日　初版
二〇一六年十月二八日　第二刷
二〇一七年十一月九日　第三刷発行

著　者　来嶋靖生
定　価　本体一四〇〇円＋税
発行人　真野　少
発　行　現代短歌社
〒一一三－〇〇三三
東京都文京区本郷一－三五－二六
電話　〇三－五八〇四－七一〇〇
装　丁　かじたにデザイン
印　刷　日本ハイコム
ISBN978-4-86534-162-1　C0092 ¥1400E